COLLECTION FOLIO

Guy de Maupassant

Le Rosier de Madame Husson

Édition présentée
établie et annotée
par Louis Forestier
Professeur à la Sorbonne

Gallimard

pour E. C.

PRÉFACE
ou
UNE TACHE SUR LE VESTON DE COUTIL

Les choses ne sont pas ce qu'elles semblent. Un rosier peut en cacher un autre. La première qualité de ce livre est de mystifier le lecteur : il y a du piquant dans le titre, mais il ne vient pas de l'arbuste qu'on croit. Dans cette savoureuse histoire de chasteté récompensée, le rosier est un garçon et la fleur est d'oranger. Un beau charivari auquel Madame Husson et les habitants de Gisors assistent éberlués. Le projet de la respectable dame est des plus louables : honorer la continence, célébrer la tempérance est bien. L'ennui est que la réalisation n'est pas à la hauteur de l'espoir. En voulant magnifier des vertus gardiennes de l'ordre social, la trouvaille de Madame Husson provoque un désordre qui, loin de s'abolir comme Sartre l'affirme à propos du genre de la nouvelle, dure et s'augmente.

Le Rosier de Madame Husson, *plus et mieux que d'autres recueils, se gausse de ces tentatives hypocrites ou maladroites faites pour sauvegarder les apparences de la* vertu. *Le mot revient dans ces pages avec une fréquence notable ; un des personnages en vient même à affirmer qu' « il n'y a que les petites bourgeoises qui mènent une vie plate et monotone par respect de la vertu, d'une vertu dont personne ne leur sait gré ». Sans doute, même si Maupassant ne croit pas que la fleur d'oranger vaille grand-chose, on ne saurait confondre ses opinions avec celles des êtres de fiction qu'il met en scène. Son propos n'est pas de « saper la vertu » comme le fait le narrateur d' « Un échec » afin de vaincre les résistances d'une jolie femme. Cependant, il a réellement dessein de dénoncer des apparences trompeuses et des contraintes inutiles. Il a professé une horreur maladive pour tout ce qui enferme l'homme, que ce soit le brouillard matinal qui rend le paysage opaque ou les murs d'un asile d'aliénés dans lequel on cloître les esprits enténébrés : « Essayez de vous dégager de tout ce qui vous enferme, faites cet effort surhumain de sortir vivant de votre corps, de vos intérêts, de vos pensées, de l'humanité tout entière, pour regarder ailleurs. »*

Cette petite tache sur le vêtement de coutil dont on a revêtu « le rosier » n'est pas le symbole de la faute et du remords, comme celle dont Lady Macbeth ne saurait venir à bout même en employant tous les parfums de l'Arabie ; elle est la marque d'une transgression, dangereuse certes, mais où s'affirme une liberté de l'homme. Plus il avance dans son œuvre, plus Maupassant, tel Lucifer ou Sade, revendique le choix du mal pour ses personnages : le juge criminel d' « Un fou » et Moiron, l'instituteur assassin, le prouvent. Le Rosier de Madame Husson, *sous des apparences souriantes, célèbre toutes les libertés de l'homme : celle de devenir le parangon des ivrognes, comme celle d'aimer sans contraintes. La ruse de Maupassant est de paraître démontrer tout autre chose : les vertus de l'honnêteté. Aussi a-t-il choisi les narrateurs ou héros de ses histoires dans les milieux où cette qualité est le plus prisée, à défaut d'y être le mieux pratiquée. Jamais la parole n'a été aussi bien donnée aux gardiens des principes : officiers, clergé, magistrats. Images de l'ordre et de la rigueur, ils serviront, malgré eux, de repoussoir aux désordres qui s'engendrent dans leur entourage, et dont une des causes principales est l'argent.*

Ici, tout s'achète : un objet d'art en même temps qu'une baronne, une paysanne — au litre ! —, une fille ou la complicité d'une soubrette. Les vraies valeurs, pour certains personnages, sont celles qu'on estime en titres et louis d'or. Et c'est l'argent aussi qui pervertit Isidore, le malheureux « rosier » ; car rien ne serait arrivé si, outre un banquet qui éveille ses sens, on ne lui avait donné 500 francs, somme considérable à l'époque. Il est là, ce capital, sonnant et trébuchant, dans sa tentante matérialité :

« Il versa les louis sur le comptoir et les étala d'une lente caresse de sa main grande ouverte pour les voir tous en même temps. Il y en avait vingt-cinq, vingt-cinq pièces rondes, en or ! toutes en or ! Elles brillaient sur le bois, dans l'ombre épaissie, et il les comptait et les recomptait. »

L'or est en mouvement. Il ne s'arrêtera plus. L'une des idées de Maupassant, comme de Zola, est que l'argent est fait pour circuler, non pour dormir. Sur cette conviction, Mouret édifie l'empire que constitue Au Bonheur des Dames*; c'est animé de la même foi qu'Andermatt, le banquier de* Mont-Oriol*, se lance dans la bataille financière : « Moi, je vois les pièces de cent sous comme de petits troupiers en culotte rouge, les pièces de vingt francs comme des lieutenants bien luisants, les billets de cent francs comme des capitaines, et ceux de mille comme des généraux. Et je me bats, sacrebleu ! » Aussi peut-on assimiler ce personnage à « une étrange machine humaine construite uniquement pour calculer, agiter, manipuler mentalement de l'argent ». La monnaie doit se faire productrice : les personnages de Maupassant le sentent fort bien, « le rosier » tout le premier qui se garde bien de placer ses 500 francs sur le livret de caisse d'épargne qu'on lui a donné en même temps que son prix. Il va tout dépenser. Loi de l'économie moderne ! Tout le malheur est que cette somme ne rend pas ce qu'on en escompte. En investissant vingt-cinq louis dans la vertu, Madame Husson n'a produit que des vices exemplaires, passés au rang de mythes dans sa ville de Gisors : l'ivrognerie et la paillardise. Ironie qui établit une constante confusion des valeurs. La force d'Andermatt, le* *brasseur d'affaires, est justement de savoir estimer d'un coup d'œil ce que vaut exactement chaque objet. C'est qu'il y a tant d'incertitude entre les prix et, inversement, tant de marchandises dissemblables sous la même étiquette. Ce qui est vrai dans le domaine commercial l'est encore plus, ici, dans le domaine moral. Diderot l'avait brillamment démontré (« quel génie ! » dit de lui Maupassant) : il existe une grande indécision, une grande fragilité dans les principes sur lesquels une société établit son fonctionnement. Certaines de ces confusions donnent le vertige. Que les plus rigoureusement vertueux, comme Isidore ou l'employé Lougère, puissent verser soudain dans le libertinage et l'assassinat, on l'admettrait encore, car la conduite humaine comporte des failles et, comme le dit le narrateur d'un conte, « l'esprit de l'homme est capable de tout ». Mais que les apparences soient douteuses, voilà qui est fort ! « Une soirée » nous le prouve cependant par l'absurde : le maréchal-des-logis Varajou, qui s'ennuie à périr dans Vannes, cherche pour se distraire la maison close de l'endroit ; une erreur de parcours le conduit au domicile du premier président de Mortemain. Il faudra du temps pour que la fâcheuse erreur se dissipe, car, dans les deux logis, même accueillante porte entrebâillée, même soubrette, même salon avec — assises patiemment sur le canapé — des dames de la même apparence comme il faut. Qu'on puisse confondre, fût-ce l'espace d'un quart d'heure, l'hôtel de Mortemain et la maison Tellier détruit les idées reçues et les faux-semblants, fait vaciller les conventions sociales, jette bas les remparts de la vertu, débouche sur une immense dérision. Justement, c'est par un rire terriblement ambigu que Madame de Fontenne accueille la confession de son mari. Quant à la baronne Samoris, elle cache sous le couvert de la respectabilité une existence de demi-mondaine. En fin de compte, dans* Le Rosier de Madame Husson, *Maupassant va dénoncer « [des] usages, [des] lois et [une] morale surprenante d'hypocrisie et de lâcheté ». Plus brutalement encore, il écrit dans une chronique du 14 octobre 1884 (c'est l'époque où il compose quelques-unes des nouvelles de ce recueil) : « Personne au monde ne paraîtrait rigoureusement honnête à l'œil mystérieux qui lirait au fond des cœurs. [...] Nous ne sommes [...] les uns et les autres, que d'hypocrites coquins. D'hypocrites coquins, car nous nous jouons toute la journée, à nous-mêmes, la comédie de l'intégrité. » Ce que Maupassant ne supporte pas, c'est l'honnêteté par peur, aveuglement, estime de soi ou sottise. Au fond de tout : l'égoïsme.*

*

A ces tares de l'humanité — à la sottise de Madame Husson, à l'inintelligence de Fontenne, à la fausse pudeur de la marquise Obardi, à la vanité de Varajou — l'écrivain oppose l'arme de l'ironie et du rire. Il est peu de recueils de Maupassant où ils se déploient autant que dans celui-ci. Seuls « Le Modèle », « L'Assassin » et « L'Odyssée d'une fille » jettent une note plus grave dans un registre où le comique retentit fortement : graveleux, discret ou largement monté des tripes. Le rire ! celui qu'on appelle le « petit taureau triste » connaît cela. Il le connaît par un penchant personnel aux farces paniques, mais il l'aime pour sa force dénonciatrice et libératrice. Il en sait les éclats brusques, étouffés et reparaissant, cristallins comme les bruits que soulève un ruisselet dans la gorge qu'il traverse. Comme le ruisseau, le rire se manifeste par un mouvement de surface ; mais, plus profondément, il ronge et décape tout aussi sûrement que le torrent creuse son cours. Maupassant joue de ce double pouvoir du rire : surprenant, irrésistible, gros parfois, toujours doublé d'un comique plus diffus, comme sournois, plus âpre et corrosif. L'explosion de cette gaieté se manifeste chez Laurine de Fontenne : « Chaque fois qu'elle allait prononcer un mot, le rire frémissait au fond de sa gorge, jaillissait, vite arrêté, repartant toujours, repartant comme le gaz d'une bouteille débouchée dont on ne peut retenir la mousse. »

Les personnages de Maupassant se divertissent, c'est indéniable : gros rire des paysans d' « Une vente », amusement des notables de Gisors (avant « la faute » et la tache sur le veston de coutil), sourires entendus de la Baronne et de la soubrette de « La Fenêtre ». C'est de toute cette gaieté que l'auteur donne à rire à son tour au lecteur, en lui faisant savourer et juger au second degré des plaisanteries dont quelques-unes, prises en elles-mêmes, seraient affligeantes. Le comique douteux, les paysanneries ne sont que des moyens supplémentaires de la description juste ou, si l'on veut, du réalisme. Aussi trouve-t-on de tout dans le rire de Maupassant, du meilleur et du pire. Au bas de la hiérarchie, les jeux de mots (entre nouveau nez et nouveau-né), les à-peu-près qui, déjà, ne manquent pas de saveur : que les gendarmes sacréandent un individu au lieu qu'ils l'appréhendent est une belle trouvaille par laquelle est allusivement noté ce langage fleuri de jurons que la tradition gauloise prête à la maréchaussée ; que les mêmes gendarmes ne garottent pas, mais carottent un prévenu déclenche un double effet de rire : l'impropriété commise par celui qui parle et le cocasse qu'il y aurait — si l'on prenait le terme au sens propre familier — à voir les gendarmes, défenseurs de l'honnêteté, « carotter » un délinquant. Le comique le plus simple peut tout chambouler et donner à imaginer un monde renversé ! Humour aussi lorsqu'une femme tombée dans la misère est secourue par un Monsieur de Saint-Hospital. Au demeurant, le conteur a plus d'un tour dans son sac. Il est pour lui mille manières de susciter le comique : l'antiphrase (la jeune épousée d' « Enragée ? » voit du drame là où il n'y a que comédie), l'allusion (l'odeur d'eau-de-vie émanant d'un malade suggère les « soins » à donner), la parodie (le dilemme du « Rosier » s'exprime en termes d'épopée de l'épicerie), le style prudhommesque (le discours du maire de Gisors en est une belle illustration, et la phrase suivante n'en est pas indigne : « Françoise [...] décida pour le complet blanc en faisant voir que le Rosier aurait l'air d'un cygne »). Sans doute pensera-t-on que Maupassant verse dans la facilité mise à la mode par le journalisme de son temps. Il y a du vrai. L'écrivain se laisse parfois aller ; il s'abandonne au penchant de la paresse ; il ne résiste pas à un effet un peu gros qui fera mouche sur le public.

Il est sans égal dans l'observation pittoresque, dans le trait appuyé et caricatural qui annonce parfois Jules Renard. Madame Husson est « petite, trottant court, ornée d'une perruque de soie noire », la femme Brument est « haute comme un mât avec son bonnet qui la coiffe d'une calotte blanche », le percepteur Padoie est « velu, avec des sourcils en arcade qui faisaient sur ses yeux deux voûtes de poils. Coiffé d'un bonnet de velours orné d'un feston d'or, il regardait avec mollesse, comme il faisait tout. Sa parole, son geste, sa pensée, tout était mou. » Il y a, dans ces rapides notations, une façon de croquer l'humanité qui n'est pas sans analogie avec le trait incisif de quelques grands dessinateurs satiriques : Daumier, Cham, en attendant Forain ou Toulouse-Lautrec. Cette acuité de la vue, cette facilité à susciter la surprise et l'adhésion par la mise en évidence d'une analogie inaperçue, cette aptitude à saisir un sujet quelconque sous un angle neuf sont encore une des formes du réalisme de Maupassant. Il pratique ici ce qu'il met en théorie dans son étude sur Le Roman : le choix du détail caractéristique et l'originalité de la vision. C'est une façon de donner vie aux personnages sans avoir à infliger au lecteur de longues descriptions ou analyses ; c'est aussi manière de sortir les comparses de la grisaille et de l'anonymat où le roman les confine le plus souvent : la précision de la couleur d'un vêtement, un détail, la notation d'un ton de peau les personnalisent et les arrachent à leur simple rôle d'utilités narratives.

L'art de Maupassant est d'animer ce monde et de le jeter dans un tourbillon de situations comiques. Comme dans la farce ou le vaudeville, ce qui frappe, c'est le mouvement, la rapidité de trait, l'invention. Le dénouement *d' « Une soirée » n'est pas indigne de Feydeau. Pour corser les choses, Maupassant ne méprise pas un accessoire habituel du comique : le déguisement. C'est bien naturel dans un monde où les choses ne sont qu'apparences : on peut prendre la maîtresse pour la servante, ne pas reconnaître immédiatement son ancienne femme dans une ravissante jeune personne et ne pas voir que le veston de coutil — taché ou non — est un vêtement d'emprunt. C'est tout un jeu de masques qui se construit, tout un jeu de l'être et du paraître, à la fois drôle et dénonciateur.*

Le style d'abord fait les frais de cette ironie : ou, plutôt, une certaine forme d'expression héritée d'une rhétorique maladroite et d'un lyrisme naïf. On admirerait volontiers — car elles sont belles en effet — quelques lignes sur la nuit (dans « Enragée ? ») si l'on n'y voyait affleurer quelques clichés obligés : la lune, le Rêve, les étoiles, l'eau argentée ; et si la contemplation béate de cette beauté nocturne n'était implicitement prêtée à l'héroïne fort niaise du conte. La vraie nuit, pour Maupassant, c'est celle des murs ténébreux, des bruits inquiétants et des angoisses soudaines ; ce n'est pas le moment où l'âme s'épanche, mais se resserre sur elle-même, inquiète jusqu'à la mort. Elle est chute dans le noir, non obscure clarté. Aussi profite-t-il de l'occasion pour dénoncer une tradition poétique dont la fonction est d'embellir et de tromper. Valeur du réalisme ! Non que Maupassant méprise la poésie. Il lui confère l'éminente fonction de prendre le relais de la prose au seuil de l'insaisissable et de l'indicible, mais il partage l'aversion de Lautréamont et de Rimbaud pour « la larme écrite ». Et il le fait savoir. En se moquant ; de même, il se moque d'une rhétorique dont le but ne serait pas de conduire à la vérité, mais de faire sonner le creux ou le vide, comme celles du maire de Gisors ou du malheureux Padoie.

Plus encore, l'ironie de Maupassant s'exerce contre la sottise, l'ignorance et l'hypocrisie. Jamais, chez lui, critique ne s'est faite aussi acerbe sous des dehors si souriants. Nul et nulle chose ne sont épargnés. En tout cas, ni la bêtise, ni la balourdise : « Le Rosier de Madame Husson » pousse, jusqu'à la caricature, l'application d'une bonne idée dans ses conséquences absurdes ; la sottise persévérante de quelques notables procure à la vertu une exemplarité à rebours et fait que celle-ci ne trouve sa place que sur le livre de comptes de la cuisinière, entre le beurre et le gigot, le sel et les radis, ce qui assurément ne manque pas de saveur. A partir d'effets comiques, l'auteur dénonce aussi les maladresses d'une éducation étroite ou hypocrite (« Enragée ? »), la relativité des convenances et des apparences mondaines (« La Baronne », « Une soirée », « La Confession »), la médiocrité de la pensée : sur ce dernier point, la leçon de Flaubert demeurait vivante. Restait un domaine que Maupassant n'avait pas, jusqu'ici, investi avec autant de force, ni d'ironie. Certes, il avait brocardé les convictions quelles qu'elles soient, maçonniques ou chrétiennes ; rarement il avait atteint la dérision qui se marque en ce recueil (en attendant les invectives de L'Inutile beauté *et les fragments blasphématoires de* L'Angélus*) à l'égard de certains ordres. Voici que la religion, ses signes et ses ministres sont, de façon fugitive, insidieuse et détournée, mis, si j'ose dire, à toutes les sauces. Passe que « la messe à Cornu » désigne les hâbleries et les chants pseudo-liturgiques d'un cabaretier surnommé « Le Curé » : on trouve là un anticléricalisme bon enfant et sans conséquence, fonds d'une vieille gauloiserie française que d'ailleurs Maupassant ne prend peut-être pas à son compte. Plus ambigu est le rôle qu'il fait jouer à un crucifix — fût-il d'époque Renaissance — dans « La Baronne » : il est moins l'occasion de négocier une œuvre d'art que l'œuvre de chair. Le Christ entremetteur, voilà qui n'est pas banal ! Entremetteur involontaire aussi, le prêtre naïf qui arrange le mariage du capitaine de Fontenne et de la rusée Laurine. Plus nets encore ces propos où la fatalité se substitue à la Providence et où les lois de la sociologie supplantent la Révélation.*

Alors se comprennent de surprenantes situations. Dans ce monde mal fait, où, comme l'affirme Maupassant dans L'Angélus, *le mot Dieu n'est qu'un concept vague pour se protéger de la peur et remédier à l'égoïsme, les choses ne vont pas nécessairement comme elles devraient. Paradoxalement, le désir du bien peut engendrer le mal : comiquement, lorsqu'on veut honorer la chasteté et qu'on fabrique un ivrogne ; tragiquement, lorsqu'on pratique inconditionnellement le respect et qu'on devient criminel (« L'Assassin »).* Le Rosier de Madame Husson *est un peu le livre des bonnes actions manquées. Est-ce la faute à l'homme ? En grande partie, oui ; car il n'est pas pétri de seuls bons sentiments ; mais aussi « parce que c'est comme ça ». A cause de la fatalité invincible, ou, comme dit le narrateur de « L'Odyssée d'une fille », par « impossibilité de la vie honnête pour quelques-uns ». On voit bien où tout cela conduit : à un nihilisme de la pensée que Maupassant n'est pas loin d'assimiler à une sorte de sainteté. Cette attitude que l'écrivain a pu se composer d'après Tourguéniev est le résultat d'un pessimisme plus profond qu'il hérite, comme beaucoup de ses contemporains, d'une lecture, d'ailleurs hâtive, de Schopenhauer. L'immense tristesse de tout se répète inlassablement : « Non, la vie n'était pas amusante pour tout le monde », « ça n'est pas gai [...] c'te vie-là ». Le pire est peut-être l'abandon à ce gâchis, l'acceptation d'un* à-vau-l'eau *de l'être et de la pensée. La jeune femme qui craignait d'être enragée conclut philosophiquement : « on s'accoutume à tout dans la vie ». Fin comique, sans doute, et dans le droit fil de ce conte aux allures égrillardes ; mais le propos peut s'appliquer à un ton général de l'œuvre. On voit où conduisent le comique, l'ironie et la dérision : tantôt à masquer, tantôt à dénoncer l'essentiel qui est un échec généralisé (qui réussit vraiment dans ces contes ?), une brimade de l'être au nom de contraignantes hypocrisies sociales, un déni à l'homme d'être simplement heureux par les sens.*

*

Certains jours, Maupassant se sentait dans les veines le sang des vieux faunes. N'en doutons pas : c'est lui qui le dit. Il faut accepter comme un fait cette puissante sensualité physique, dont l'écrivain a aussi détourné les effets au bénéfice de l'art. Ce qui est instinctif chez lui, lié aux profondes jouissances procurées par ses attaches normandes, se forme plus clairement en théorie après la lecture de Spencer, vers 1880. L'auteur de l'Introduction à la science sociale faisait du désir le moteur de toutes les actions humaines et posait ce principe comme critère de tout système sociologique. On croit entendre par avance le mot d'Apollinaire, si souvent repris par les surréalistes : « la grande force est le désir ». Pour Maupassant c'est bien cela ; un désir qui s'appuie sur une connaissance et une pratique sensorielles exceptionnelles. C'est précisément cette sensualité, grâce à laquelle il vit au contact des forces naturelles, qu'il va opposer aux contraintes. Un jeune prêtre, héros du conte « Le Saut du berger », exprime ces antagonismes : « Il était sorti du séminaire plein de haine pour ceux qui vivent selon les lois naturelles et non suivant celles de son Dieu. » D'un mot brutal, Maupassant a choisi son camp : « Je jouis de tout à la façon d'un animal ».

Le Rosier de Madame Husson est une vraie fête des cinq sens. Le toucher, qui n'est peut-être pas le plus développé de tous chez Maupassant, est cependant celui par lequel s'effectue la caresse : baisers, frôlements qui préludent aux étreintes; mais sensations plus insidieuses : lorsque « le Rosier » étale ses vingt-cinq louis, c'est par « une lente caresse de sa main grande ouverte », et, lorsque l'antiquaire de « La Baronne » tient un bibelot, « l'objet paraissait aussitôt embelli, transformé par son toucher ». L'ouïe joue un grand rôle dans ce recueil; bornons-nous ici à souligner la pertinence et la justesse des bruits qui accompagnent le récit : grondement de torrent, son de grelots, meuglements de vaches... Ils *introduisent dans la narration une note de réalisme et une impression de relief. Les héros de Maupassant sont peut-être moins préoccupés de nourriture que ceux de Huysmans, ils aiment cependant les bonnes choses. Si « le Rosier » découvre avec plaisir les joies de la table et s'empiffre avec délectation, le narrateur de l'histoire — le docteur Marambot — est à la fois une excellente fourchette et un gourmet avisé : il apprécie à leur valeur les œufs mollets en gelée et sait élever le goût à la hauteur de l'art ; en manquer, « c'est être privé d'une faculté exquise ».*

De tous les sens, celui qui domine, c'est l'odorat. Parfum de verveine d'une femme aimée ; odeur tentatrice des fruits, piège tendu au « Rosier » : « les carottes, les choux, les oignons répandaient dans la pièce fermée leur forte senteur de légumes, leurs arômes jardiniers et rudes, auxquels se mêlaient une douce et pénétrante odeur de fraises et le parfum léger, le parfum fuyant d'une corbeille de pêches. » De tous les sens, c'est le plus dangereux, celui qui, chair et religiosité mêlées à la façon de Baudelaire, invite le mieux aux jouissances de l'instant. La sensation, en effet, est toute au moment présent, elle nourrit le sentiment du fini et du fugitif (on retrouverait par là un impressionnisme foncier de Maupassant). Elle permet surtout de toucher un point capital de son art de vivre. Il n'est pas de ceux qui existent dans l'en-avant, rêvant ou forgeant un futur problématique. En cela, il diffère d'un Pascal. Il est vraiment tout à la saveur que dégage l'ici et le maintenant, voire aux souvenirs d'hier évoqués par la sensation d'aujourd'hui. En cela, il ressemble à Proust.

Resterait la jouissance esthétique : elle passe par le regard. Spectacle des baigneuses sur la plage avec leurs toilettes et leurs ombrelles bariolées, c'est un Boudin ; perspective des portes d'Étretat ou des bords de rivière baignés de fraîcheur verte, c'est un Monet. Vivacité de l'œil prometteuse de plaisirs plus tangibles : des frisottis blonds sur la peau douce, la rondeur d'un corsage, la finesse d'une cheville et la longueur d'une jambe. Savoir regarder, jouir de sa vue, c'est déjà voir davantage. Observer est essentiel à la découverte du monde tel qu'il est vraiment, à la connaissance des choses et des êtres. Tout cela nous est très clairement dit ici : « On devine, par ce qu'on voit, ce qu'on ne voit pas ». Un seul coup d'œil jeté sur le docteur Marambot et « je connus son existence, sa manière d'être, son genre d'esprit et ses théories sur le monde ». Cette puissance du regard est la force de l'écrivain réaliste qui ne cesse de le dire et de nous en faire prendre conscience : « nous autres dont les yeux sont grands ouverts sur le monde »..., ou bien : « moi je regardais l'homme avec beaucoup d'intérêt ». Voir, c'est savoir. Plus les sens sont à l'affût, aigus et attentifs, plus l'homme a de chances de percer de mystères. Il faut prendre garde d'aller trop loin et de franchir certaines limites. Le Rosier de Madame Husson *est probablement celui des recueils de Maupassant où le fantastique et la peur tiennent le moins de place. Quelques traces affleurent cependant ici ou là : l'obsession qui bourdonne comme une mouche dans la tête de Benoist, l'idée fixe que le notaire de « Divorce » tient pour « le phylloxera des âmes », la peur de l'Inconnu éprouvée par la prostituée durant son odyssée. On ne saurait oublier qu'à l'époque où il publie ce recueil, Maupassant écrit quelques-unes de ses plus sombres nouvelles, « Le Horla », « La Morte », « La Nuit », « Moiron ». Ici, au contraire, c'est le conte* rose... *si j'ose dire ! Aucune défaillance de la perception susceptible de faire vaciller la raison, mais un appétit, une virilité de regard qui érotise le monde. La moindre courbe de terrain est féminisée, la moindre étendue évoque l'amour et la possession. Ainsi de l' « odeur forte que la Corse répand autour d'elle, si loin que les marins la reconnaissent au large, odeur pénétrante comme la senteur d'un corps, comme une sueur de la terre verte imprégnée de parfums ». Tout, dans ces contes, ramène à la femme. C'est elle qui est au centre du dispositif.*

Rares sont les recueils qui réunissent autant de jeunes femmes et de types aussi différents par leur condition :

bourgeoise, paysanne, demi-mondaine, modèle, noble, soubrette, et même « homme-fille » si l'on ajoute « le Rosier » à cette galerie. Destinée à être aimée et possédée, la femme est entièrement livrée à la contemplation, ravie ou critique, du mâle séducteur. Rien n'échappe : l'allure, la taille, l'air et la fraîcheur, mais aussi des boucles blondes et l'apparition d'une cheville ! Plus hardi, l'œil devine aux contours du vêtement, aux attaches des membres, la finesse du corps nu : il déshabille la femme. Autour d'elle flotte toujours un parfum d'érotisme et de sensualité, mêlé de senteurs de verveine ou de lavande ambrée.

Cet être apparemment soumis aux fantaisies amoureuses de l'homme, les plus tendres comme les plus brutales, est en réalité d'une nature impérieuse et dominatrice. Les hommes ont beau les désirer, souvent même les posséder, ce sont les femmes qui gouvernent. A quelque classe qu'elles appartiennent, elles méritent doublement leur nom de maîtresses, car, au jeu de l'amour, tel est dominé qui croyait avoir vaincu. Comme le dit Maupassant, le gibier n'est pas celle qu'on croit. C'est un étrange rapport entre les sexes qui s'établit là. Commerce de caresses et de mensonges, de désir et de duperie. Car la femme est foncièrement trompeuse — dans ces contes, bien entendu ! n'allez pas vous méprendre — ; elle a toutes les ruses : le dévouement, le déguisement, ou le quant-à-soi d'une baronne qui paraît ne s'intéresser qu'aux antiquités, et même l'inexpérience qui donne un charme de plus à l'héroïne d' « Enragée ? ». Bref, elle règne sur tous les hommes, maris et amants, parfois les deux ensemble, comme dans « La Martine » ou « La Revanche ». Maupassant pourrait écrire ainsi que le fait Zola dans Au bonheur des Dames *: « Elle restait entre les deux, levait sa jolie tête, allait de l'un à l'autre ; [...] elle avait un air ravi, à les voir si bien d'accord. »*

Sous les apparences de la tendresse et du respect, la femme est en réalité assez mal traitée dans ces contes. Assemblage de sentiments contradictoires, velléitaire, elle n'est que trop portée, comme Laurine de Fontenne, à se plier aux hypocrisies sociales. On s'interroge sur cet être : « Qui donc pourra déterminer d'une façon précise ce qu'il y a d'âpreté et ce qu'il y a de réel dans les actes des femmes ? Elles sont toujours sincères dans une éternelle mobilité d'impressions. Elles sont emportées, criminelles, dévouées, admirables, et ignobles, pour obéir à d'insaisissables émotions. » A force de confondre amour et désir (le mot revient fréquemment), la femme est réduite à l'état d'objet ou d'animal : pour Benoist, il n'y a guère de différence entre une vache qui vêle et une femme qui accouche. « Notre petite compagne », comme dirait Laforgue, est un être inférieur et second : on reconnaît, ici encore, les leçons de Schopenhauer. Si la femme tient l'homme par le désir, elle n'existe cependant que par l'homme, qui la modèle et l'entretient : situation « machiste » que Maupassant constate et qu'il a dénoncée dans d'autres textes. Des rapports de force aussi inégaux empêchent toute vie de couple, à moins de donner seulement ce nom à l'union par l'état civil et au contact épisodique de deux épidermes. Quel gâchis d'êtres désunis, mal assortis ou impossibles à unir ! Même si M. de Garelle et sa femme, en divorçant et redevenant amants par caprice, ont cultivé le paradoxe, ils n'ont pas trouvé la bonne solution.

Alors la Femme reste toujours l'être mystérieux, dont on espère la rencontre problématique. On frémit au délicieux attrait de l'inconnu :

« Oh ! comme je plains ceux qui ne connaissent pas, qui ne connaissent plus le charme exquis de l'attente ! La vraie femme que j'aime, moi, c'est l'Inconnue, l'Espérée, la Désirée, celle qui hante mon cœur sans que mes yeux aient vu sa forme et dont la séduction s'accroît de toutes les perfections rêvées. »

Comment aimer la femme quand on aime toutes les femmes et qu'à travers elles c'est l'amour de l'amour qu'on poursuit ?

*

*« En voici une histoire parisienne, par exemple. Voulez-vous que je vous la dise ? » C'est ainsi que l'antiquaire de « La Baronne » annonce son récit. Pour être simple, la formule est exemplaire de ce qui caractérise tous ces textes de Maupassant : l'oralité. Ce sont bien des contes faits pour être dits par un narrateur à l'intention d'un public. Naturellement, celui-ci est finalement le lecteur ; mais peu de livres font oublier, autant que ceux de Maupassant, que la lecture est faite silencieusement par l'œil. Ici, le destinataire se sent enveloppé d'un flot de paroles sonores. Soit que celles-ci le prennent implicitement à partie, comme dans « Un échec » ; soit qu'elles le fassent auditeur au second degré d'une aventure qui se narre entre personnages supposés, comme dans les pages qui donnent leur titre au recueil ; soit qu'elles fassent de nous les dépositaires indiscrets d'une correspondance intime, ainsi que cela se produit dans « Enragée ? ». La grande force de Maupassant est d'avoir caché un art très sûr, très élaboré, sous l'apparente liberté de l'improvisation, sous l'imprévu de la parole. Par une sorte de tour de passe-passe, il a su créer l'illusion que l'écrit, par nature définitivement figé, prenait le caractère instantané, improbable, fugitif et volatil de la parole. Ce plaisir inconscient, qui vient de ce que l'écrivain nous arrache aux conventions tacites de la lecture, constitue l'une des raisons du succès durable de ces œuvres courtes et apparemment sans prétention. C'est une sorte d'*il-était-une-fois *des temps modernes, car la narration se place toujours sous le signe de l'actualité et de l'exactitude : l'avocat de « L'Assassin » proclame ne rien vouloir atténuer, les prévenus d' « Une vente » jurent de dire toute la vérité, le narrateur du « Rosier de Madame Husson » affirme : « Tu sais, je te dis les noms véritables et pas des noms de fantaisie. » Façon d'endormir le lecteur pour mieux le plonger dans la fiction. Il est vrai que Maupassant tient, inversement, de son époque naturaliste le désir*

de comprendre et d'expliquer : la question pourquoi ? *revient souvent dans la bouche des personnages ; l'avocat du meurtrier Lougère se propose de faire la psychologie du crime. C'est que nous sommes invités à* entendre *dans tous les sens du mot. Il s'agit vraiment de comprendre et, pour cela, de bien ouvrir ses oreilles : aussi les personnages marquent-ils explicitement de l'intérêt pour le récit qui leur est fait ; parfois, ils disent tout simplement « Je vous écoute » ou « Je suis tout oreilles ». C'est nous inviter à faire de même. L'effort s'accomplit sans peine tant sont nombreuses les variétés du récit.*

Les récits à la troisième personne, dans lesquels le narrateur disparaît au profit d'un observateur extérieur omniscient, sont relativement rares. A ce type se rattachent « La Martine », « Une soirée », « La Confession ». Ce dernier exemple, par son titre même qui annonce une prise de parole devant un tiers, montre que cette forme, qui est celle du roman traditionnel, est souvent subvertie. Le monologue ou le dialogue, rapportés directement, introduisent dans le récit la présence d'une parole immédiate. La narration est relayée par une mise en scène directe. La tentation de ce glissement est si forte que le texte marque explicitement la distribution des répliques entre les acteurs ; le phénomène intervient épisodiquement dans « Une vente » et systématiquement dans « La Revanche ». Ce dernier texte est présenté comme une petite comédie à deux personnages et en deux scènes. Maupassant adorait le théâtre. A défaut d'y avoir pleinement réussi, malgré quelques tentatives, il en a transposé quelques procédés dans ses nouvelles. Tout l'y poussait d'ailleurs : le goût du verbe, la nécessité de simplifier les effets, la dramatisation des antagonismes. Le moindre conte, par sa forme, suppose le dialogue : ici, c'est la lettre (« Enragée ? ») ; là, c'est la plaidoirie (« L'Assassin »). La forme la plus courante de ces textes est celle où intervient un narrateur, plus ou moins clairement défini, qui s'exprime en son nom propre, à la première personne. Il nous prend en quelque sorte à partie pour nous commu-

niquer en une confidence directe une expérience personnelle et unique : « J'allais à Turin en traversant la Corse »... Quand on est parisien, c'est prendre le chemin des écoliers ! C'est justement ce chemin-là qu'empruntent la plupart des contes : sinueux, imprévu, fait de retours, de détours et d'entrecroisements. Et d'abord ce je, *qui s'exprime si directement et si volontiers, s'empresse fréquemment de déléguer sa voix à quelqu'un d'autre. Le narrateur qu'on entend au début du « Rosier de Madame Husson » cède la parole au docteur Marambot qui sera le véritable conteur de l'histoire. Il en va de même dans « La Baronne » et « Le Modèle ». Ainsi s'élabore une forme d'histoire dans l'histoire, ou de récit enchâssé, qui est une spécialité de Maupassant et qui souligne le caractère définitivement clos de l'aventure qu'il représente. Mais c'est aussi une manière de multiplier les auditoires et les publics fictifs (salle d'audience, amis ou amies, parents) et d'accentuer le caractère oral du genre. Celui-ci paraît alors se donner libre cours, faisant proliférer les digressions, suggestions, raccourcis naturels en la circonstance. Le docteur Marambot, grand amateur de bonne chère, pratique également le hors-d'œuvre dans la composition de son récit, en sorte qu'une multitude de petites histoires se greffent, comme des efflorescences, sur la tige principale du* Rosier *et que la démarche de la nouvelle répond exemplairement au titre. Parfois, Maupassant va plus loin et se contente d'indiquer, comme dans une perspective miroitante, des aventures non dites à l'intérieur de l'aventure : « Je lui racontai des histoires du monde [...] Elle écoutait de toutes ses oreilles » (« Un échec »), « Et elle racontait une histoire quelconque » (« La Confession »).*

Le brio et la portée du récit tiennent beaucoup au choix des narrateurs. Maupassant jette son dévolu sur des médecins, des avocats, des notaires, voire des antiquaires. Tous ces hommes sont conduits par leur profession à fréquenter une clientèle diverse et à se trouver en présence de situations hors du commun. Ils sont, — les médecins surtout, — particulièrement désignés pour se livrer à des études de cas. *En ce sens, Maupassant est fidèle à la doctrine naturaliste. Il la considère cependant comme une commodité plus que comme un principe et sait extraire du petit fait vrai, judicieusement observé par les cliniciens du corps, de l'esprit ou de la morale, des conclusions de portée générale. A-t-on observé que ces contes sont vraiment des* fables, *des récits d'où se tire une « morale » : « un bienfait n'est jamais perdu » ; « on s'accoutume à tout dans la vie ». Il ne faut pas être dupe de ces formulations banales, de cette sagesse des nations qui prend à contre-pied le sens profond du récit. Là encore une morale peut en cacher une autre... D'où vient la tache sur le coutil ? question gênante ! L'art de Maupassant consiste, après avoir choisi des narrateurs particulièrement pertinents (et doués dans l'art du dialogue et de l'analyse), à concentrer l'intérêt sur des personnages représentatifs de certaines conventions que leur attitude va faire éclater : l'oie blanche s'ébroue dans les tabous sexuels, le blanc « Rosier » est porté sur le rouge et le tord-boyaux, l'armée jette bas les remparts du quant-à-soi, et tous — magistrats, paysans, fonctionnaires, nobles et prolétaires — illustrent d'une étrange façon « la majesté du mariage ». Le livre trouve là sa tonalité juste, entre l'âpreté de la vie et les délires de la farce. « Ne t'attends pas à une comédie. C'est un drame » écrit la pseudo-enragée à son amie. On pourrait modifier la formule et dire du recueil : c'est une comédie, attends-toi à un drame.*

Apparemment Maupassant se plaît à disséminer la gaieté, à brouiller les pièces du jeu et à les jeter en vrac sur la table. On aime les tons flatteurs à l'œil de ces fragments. Mais si l'on recompose le puzzle, les choses changent. Assembler les morceaux, cela peut s'appeler aussi faire jouer l'intertextualité. Des parentés plus ou moins étroites s'établissent entre certains détails de Bel-Ami *et « Un échec », « La Martine », « La Confession », « La Fenêtre » ; plus éclairant encore, le lien qui unit « Yveline Samoris », « Yvette » et « La Baronne » : pour bien comprendre la situation de la baronne Obardi, que Maupassant se contente de suggérer, il faut avoir à l'esprit le souvenir des deux précédentes nouvelles où l'auteur définit la marquise comme « une drôlesse charmante [...] apparue un jour, on ne sait comment, dans le monde des aventuriers, et sachant y faire figure ». A l'intérieur d'une même nouvelle, une scène de prétoire et une farce normande peuvent interférer constamment et se compléter pour porter sens : c'est le cas d' « Une vente ». Ce qui est intéressant, ce n'est pas tellement l'histoire, c'est la façon de la raconter. Sur un événement passé qu'on ne peut modifier en rien dans son déroulement, le narrateur, par sa manière de présenter les choses, va porter un jugement, explicite ou non. Aussi les attitudes des auditeurs supposés sont-elles importantes et fixées avec rapidité, mais précision, par l'écrivain. Quant aux réactions des personnages fictifs à qui est déléguée la charge de conduire le récit, elles sont particulièrement soignées : indulgence amusée de Marambot, inexpérience d'une jeune femme, vanité offusquée du notaire prêt au divorce. Le plus souvent, il faut les interpréter par antiphrase.*

Il faut enfin rappeler d'un seul mot, car cela a déjà été écrit et répété, la justesse et la saveur d'un style qui frappe d'abord par sa simplicité, sa neutralité et, pour ainsi dire, sa transparence. Pas d'immenses métaphores filées, comme chez Zola ; pas de phrases artistes, comme chez les Goncourt; pas de vocabulaire rare et recherché, comme chez Huysmans. Tout vise au net et à l'efficace. Dans un genre que la rapidité caractérise, le mot précis et évocateur, la formule concise doivent suppléer les longueurs impossibles de la description et les minuties de l'analyse.

*

Moins de trois ans avant de sombrer dans la folie, Maupassant donne, avec Le Rosier de Madame Husson*,* *l'un de ses recueils les plus gais. L'imagination, la fantaisie débridée s'y manifestent comme une compensation aux angoisses latentes dans d'autres œuvres de la même époque. De même qu'on se laisse envoûter, ailleurs, par le fantastique, il faut ici se laisser aller sans fausse honte au plaisir du rire et à la joie de l'ironie. Une fois cette première réaction passée, rien n'empêche d'être sensible, à travers ces pages, à une vision du monde moins souriante qu'il n'y paraît. Maupassant est comme Figaro, pressé de rire de tout, « de peur d'être obligé d'en pleurer ».*

Le grand sujet de réflexion, c'est la femme, le couple et l'amour. Cette question, incessamment reprise avec de multiples variations, donne au livre une remarquable homogénéité. D'autres recueils ne sont que le regroupement arbitraire de diverses nouvelles. Celui-ci tourne autour du grand mystère qui préoccupe Maupassant : l'éternel féminin.

Bien que farce parfois excessive, Le Rosier de Madame Husson *se veut une œuvre de vérité. Faut-il entendre par là justesse photographique d'observation ? Certes, ces nouvelles sont des tranches de vie un peu épicées, mais ce n'est pas à un réalisme extérieur que vise Maupassant. Au contraire, il nous fait prendre conscience que beaucoup de conventions sociales ou de valeurs morales ne sont qu'apparence, erreur et illusion. Derrière l'ironie, derrière le rire de façade, le pessimisme apparaît. Au bout du compte : des vies gâchées et des rêves saccagés. Comme dit un des personnages, « ça n'est pas gai ». Et le rire se fait rictus.*

Les Soirées de Médan, *auxquelles Maupassant collabora et qui racontent la défaite de 1870, auraient dû s'appeler par antiphrase « l'invasion comique ». Les nouvelles qui suivent pourraient s'appeler « l'illusion comique » : une tache indélébile, maladroitement faite sur un veston de coutil, nous rappelle que rien, dans la vie, ne reste immaculé.*

Louis Forestier

Le Rosier de Madame Husson

LE ROSIER DE MADAME HUSSON[1]

Nous venions de passer Gisors, où je m'étais réveillé en entendant le nom de la ville crié par les employés, et j'allais m'assoupir de nouveau, quand une secousse épouvantable me jeta sur la grosse dame qui me faisait vis-à-vis.

Une roue s'était brisée à la machine qui gisait en travers de la voie. Le tender et le wagon de bagages, déraillés aussi, s'étaient couchés à côté de cette mourante qui râlait, geignait, sifflait, soufflait, crachait, ressemblait à ces chevaux tombés dans la rue, dont le flanc bat, dont la poitrine palpite, dont les naseaux fument et dont tout le corps frissonne, mais qui ne paraissent plus capables du moindre effort pour se relever et se remettre à marcher[2].

Il n'y avait ni morts ni blessés, quelques contusionnés seulement, car le train n'avait pas encore repris son élan, et nous regardions, désolés, la grosse bête de fer estropiée, qui ne pourrait plus nous traîner et qui barrait la route pour longtemps peut-être, car il faudrait sans doute faire venir de Paris un train de secours.

Il était alors dix heures du matin, et je me décidai tout de suite à regagner Gisors pour y déjeuner.

Tout en marchant sur la voie, je me disais : « Gisors, Gisors, mais je connais quelqu'un ici. Qui donc ? Gisors ? Voyons, j'ai un ami dans cette ville. » Un nom soudain jaillit dans mon souvenir : « Albert Marambot. » C'était un ancien camarade de collège, que je n'avais pas vu depuis douze ans au moins, et qui exerçait à Gisors la profession de médecin. Souvent il m'avait écrit pour m'inviter ; j'avais toujours promis, sans tenir. Cette fois enfin je profiterais de l'occasion.

Je demande au premier passant : « Savez-vous où demeure M. le docteur Marambot ? » Il répondit sans hésiter, avec l'accent traînard des Normands : « Rue Dauphine. » J'aperçus en effet, sur la porte de la maison indiquée, une grande plaque de cuivre où était gravé le nom de mon ancien camarade. Je sonnai ; mais la servante, une fille à cheveux jaunes, aux gestes lents, répétait d'un air stupide : « I y est paas, i y est paas. »

J'entendais un bruit de fourchettes et de verres, et je criai : « Hé ! Marambot. » Une porte s'ouvrit, et un gros homme à favoris parut, l'air mécontent, une serviette à la main.

Certes, je ne l'aurais pas reconnu. On lui aurait donné quarante-cinq ans au moins, et, en une seconde, toute la vie de province m'apparut, qui alourdit, épaissit et vieillit. Dans un seul élan de ma pensée, plus rapide que mon geste pour lui tendre la main, je connus son existence, sa manière d'être, son genre d'esprit et ses théories sur le monde. Je devinai les longs repas qui avaient arrondi son ventre, les somnolences après dîner, dans la torpeur d'une lourde digestion arrosée de cognac, et les vagues regards jetés sur les malades avec la pensée de la poule rôtie qui tourne devant le feu. Ses conversations sur la cuisine, sur le cidre, l'eau-de-vie et le vin, sur la manière de cuire certains plats et de bien lier certaines sauces me furent révélées, rien qu'en apercevant l'empâtement rouge de ses joues, la lourdeur de ses lèvres, l'éclat morne de ses yeux.

Je lui dis : « Tu ne me reconnais pas. Je suis Raoul Aubertin. »

Il ouvrit les bras et faillit m'étouffer, et sa première phrase fut celle-ci :

— Tu n'as pas déjeuné, au moins ?

— Non.

— Quelle chance ! je me mets à table et j'ai une excellente truite[3].

Cinq minutes plus tard je déjeunais en face de lui.

Je lui demandai :

— Tu es resté garçon ?

— Parbleu !

— Et tu t'amuses ici ?

— Je ne m'ennuie pas, je m'occupe. J'ai des malades, des amis. Je mange bien, je me porte bien, j'aime à rire et chasser. Ça va.

— La vie n'est pas trop monotone dans cette petite ville ?

— Non, mon cher, quand on sait s'occuper. Une petite ville, en somme, c'est comme une grande. Les événements et les plaisirs y sont moins variés, mais on leur prête plus d'importance ; les relations y sont moins nombreuses, mais on se rencontre plus souvent. Quand on connaît toutes les fenêtres d'une rue, chacune d'elles vous occupe et vous intrigue davantage qu'une rue entière à Paris.

C'est très amusant, une petite ville, tu sais, très amusant, très amusant. Tiens, celle-ci, Gisors, je la connais sur le bout du doigt depuis son origine jusqu'à aujourd'hui. Tu n'as pas idée comme son histoire est drôle.

— Tu es de Gisors.

— Moi ? Non. Je suis de Gournay, sa voisine et sa rivale. Gournay est à Gisors ce que Lucullus était à Cicéron[4]. Ici, tout est pour la gloire, on dit : « les orgueilleux de Gisors. » A Gournay, tout est pour le ventre, on dit : « les maqueux[5] de Gournay. » Gisors méprise Gournay, mais Gournay rit de Gisors. C'est très comique, ce pays-ci.

Je m'aperçus que je mangeais quelque chose de

vraiment exquis, des œufs mollets enveloppés dans un fourreau de gelée de viande aromatisée aux herbes et légèrement saisie dans la glace.

Je dis en claquant la langue pour flatter Marambot : « Bon, ceci. »

Il sourit. « Deux choses nécessaires, de la bonne gelée, difficile à obtenir, et de bons œufs. Oh ! les bons œufs, que c'est rare, avec le jaune un peu rouge, bien savoureux ! Moi, j'ai deux basses-cours, une pour l'œuf, l'autre pour la volaille. Je nourris mes pondeuses d'une manière spéciale. J'ai mes idées. Dans l'œuf comme dans la chair du poulet, du bœuf ou du mouton, dans le lait, dans tout, on retrouve et on doit goûter le suc, la quintessence des nourritures antérieures de la bête. Comme on pourrait mieux manger si on s'occupait davantage de cela !

Je riais.

— Tu es donc gourmand ?

— Parbleu ! Il n'y a que les imbéciles qui ne soient pas gourmands. On est gourmand comme on est artiste, comme on est instruit, comme on est poète. Le goût, mon cher, c'est un organe délicat, perfectible et respectable comme l'œil et l'oreille. Manquer de goût, c'est être privé d'une faculté exquise, de la faculté de discerner la qualité des aliments, comme on peut être privé de celle de discerner les qualités d'un livre ou d'une œuvre d'art ; c'est être privé d'un sens essentiel, d'une partie de la supériorité humaine ; c'est appartenir à une des innombrables classes d'infirmes, de disgraciés et de sots dont se compose notre race ; c'est avoir la bouche bête, en un mot, comme on a l'esprit bête. Un homme qui ne distingue pas une langouste d'un homard, un hareng, cet admirable poisson qui porte en lui toutes les saveurs, tous les arômes de la mer, d'un maquereau ou d'un merlan, et une poire crassane d'une duchesse, est comparable à celui qui confondrait Balzac avec Eugène Sue, une symphonie de Beethoven avec une marche militaire d'un chef de musique de régiment, et l'Apollon du Belvédère avec la statue du général de Blanmont[6] !

— Qu'est-ce donc que le général de Blanmont ?

— Ah ! c'est vrai, tu ne sais pas. On voit bien que tu n'es point de Gisors ? Mon cher, je t'ai dit tout à l'heure qu'on appelait les habitants de cette ville les « orgueilleux de Gisors » et jamais épithète ne fut mieux méritée. Mais déjeunons d'abord, et je te parlerai de notre ville en te la faisant visiter.

Il cessait de parler de temps en temps pour boire lentement un demi-verre de vin qu'il regardait avec tendresse en le reposant sur la table.

Une serviette nouée au col, les pommettes rouges, l'œil excité, les favoris épanouis autour de sa bouche en travail, il était amusant à voir.

Il me fit manger jusqu'à la suffocation. Puis, comme je voulais regagner la gare, il me saisit le bras et m'entraîna par les rues. La ville, d'un joli caractère provincial, dominée par sa forteresse, le plus curieux monument de l'architecture militaire du VIIe siècle qui soit en France[7], domine à son tour une longue et verte vallée où les lourdes vaches de Normandie broutent et ruminent dans les pâturages.

Le docteur me dit : « Gisors, ville de 4 000 habitants, aux confins de l'Eure, mentionnée déjà dans les Commentaires de César : Cæsaris ostium, puis Cæsartium, Cæsortium, Gisortium, Gisors[8]. Je ne te mènerai pas visiter le campement de l'armée romaine dont les traces sont encore très visibles. »

Je riais et je répondis : « Mon cher, il me semble que tu es atteint d'une maladie spéciale que tu devrais étudier, toi médecin, et qu'on appelle l'esprit de clocher. »

Il s'arrêta net : « L'esprit de clocher, mon ami, n'est pas autre chose que le patriotisme naturel. J'aime ma maison, ma ville et ma province par extension, parce que j'y trouve encore les habitudes de mon village ; mais si j'aime la frontière, si je la défends, si je me fâche quand le voisin y met le pied, c'est parce que je me sens déjà menacé dans ma maison, parce que la frontière que je ne connais pas est le chemin de ma province. Ainsi moi, je suis Normand, un vrai Normand ; eh bien, malgré ma rancune contre l'Allemand et mon désir de vengeance, je ne le déteste pas, je ne le hais pas d'instinct comme je hais l'Anglais, l'ennemi véritable, l'ennemi héréditaire, l'ennemi naturel du Normand, parce que l'Anglais a passé sur ce sol habité par mes aïeux, l'a pillé et ravagé vingt fois, et que l'aversion de ce peuple perfide m'a été transmise avec la vie, par mon père[9]... Tiens, voici la statue du général.

— Quel général ?

— Le général de Blanmont ! Il nous fallait une statue. Nous ne sommes pas pour rien les orgueilleux de Gisors ! Alors nous avons découvert le général de Blanmont. Regarde donc la vitrine de ce libraire.

Il m'entraîna vers la devanture d'un libraire où une quinzaine de volumes jaunes, rouges ou bleus attiraient l'œil.

En lisant les titres, un rire fou me saisit ; c'étaient : *Gisors, ses origines, son avenir,* par M. X..., membre de plusieurs sociétés savantes ;

Histoire de Gisors, par l'abbé A... ;

Gisors, de César à nos jours, par M. B..., propriétaire ;

Gisors et ses environs, par le docteur C. D... ;

Les gloires de Gisors, par un chercheur[10].

— Mon cher, reprit Marambot, il ne se passe pas une année, pas une année, tu entends bien, sans que paraisse ici une nouvelle histoire de Gisors ; nous en avons vingt-trois.

— Et les gloires de Gisors ? demandai-je.

— Oh ! je ne te les dirai pas toutes, je te parlerai seulement des principales. Nous avons eu d'abord le général de Blanmont, puis le baron Davillier, le célèbre céramiste qui fut l'explorateur de l'Espagne et des Baléares et révéla aux collectionneurs les admirables faïences hispano-arabes. Dans les lettres, un journaliste de grand mérite, mort aujourd'hui, Charles Brainne, et parmi les bien vivants le très éminent directeur du *Nouvelliste de Rouen,* Charles Lapierre[11]... et encore beaucoup d'autres, beaucoup d'autres...

Nous suivions une longue rue, légèrement en pente, chauffée d'un bout à l'autre par le soleil de juin, qui avait fait rentrer chez eux les habitants.

Tout à coup, à l'autre bout de cette voie, un homme apparut, un ivrogne qui titubait.

Il arrivait, la tête en avant, les bras ballants, les jambes molles, par périodes de trois, six ou dix pas rapides, que suivait toujours un repos. Quand son élan énergique et court l'avait porté au milieu de la rue, il s'arrêtait net et se balançait sur ses pieds, hésitant entre la chute et une nouvelle crise d'énergie. Puis il repartait brusquement dans une direction quelconque. Il venait alors heurter une maison sur laquelle il semblait se coller, comme s'il voulait entrer dedans, à travers le mur. Puis il se retournait d'une secousse et regardait devant lui, la bouche ouverte, les yeux clignotants sous le soleil, puis d'un coup de reins, détachant son dos de la muraille, il se remettait en route.

Un petit chien jaune, un roquet famélique, le suivait en aboyant, s'arrêtant quand il s'arrêtait, repartant quand il repartait.

— Tiens, dit Marambot, voilà le rosier de Mme Husson.

Je fus très surpris et je demandai : « Le rosier de Mme Husson, qu'est-ce que tu veux dire par là ? »

Le médecin se mit à rire.

— Oh ! c'est une manière d'appeler les ivrognes que nous avons ici. Cela vient d'une vieille histoire passée maintenant à l'état de légende, bien qu'elle soit vraie en tous points.

— Est-elle drôle, ton histoire ?

— Très drôle.

— Alors raconte-la.

— Très volontiers. Il y avait autrefois dans cette ville une vieille dame, très vertueuse et protectrice de la vertu, qui s'appelait Mme Husson. Tu sais, je te dis les noms véritables et pas des noms de fantaisie. Mme Husson s'occupait particulièrement des bonnes œuvres, de secourir les pauvres et d'encourager les méritants. Petite, trottant court, ornée d'une perruque de soie noire, cérémonieuse, polie, en fort bons termes avec le bon Dieu représenté par l'abbé Malou, elle avait une horreur profonde, une horreur native du vice, et surtout du vice que l'Église appelle luxure. Les grossesses avant mariage la mettaient hors d'elle, l'exaspéraient jusqu'à la faire sortir de son caractère.

Or c'était l'époque où l'on couronnait des rosières aux environs de Paris, et l'idée vint à Mme Husson d'avoir une rosière à Gisors.

Elle s'en ouvrit à l'abbé Malou, qui dressa aussitôt une liste de candidates.

Mais Mme Husson était servie par une bonne, par une vieille bonne nommée Françoise, aussi intraitable que sa patronne [12].

Dès que le prêtre fut parti, la maîtresse appela sa servante et lui dit :

— Tiens, Françoise, voici les filles que me propose M. le curé pour le prix de vertu; tâche de savoir ce qu'on pense d'elles dans le pays.

Et Françoise se mit en campagne. Elle recueillit tous les potins, toutes les histoires, tous les propos, tous les soupçons. Pour ne rien oublier, elle écrivait cela avec la dépense, sur son livre de cuisine, et le remettait chaque matin à Mme Husson, qui pouvait lire, après avoir ajusté ses lunettes sur son nez mince :

Pain.	quatre sous
Lait	deux sous
Beurre.	huit sous [13].

Malvina Levesque s'a dérangé [14] l'an dernier avec Mathurin Poilu.

Un gigot	vingt-cinq sous
Sel...............	un sou.

Rosalie Vatinel qu'a été rencontrée dans le boi Riboudet avec Césaire Piénoir par Mme Onésime repasseuse, le vingt juillet à la brune.

Radis	un sou
Vinaigre	deux sous
Sel d'oseille	deux sous.

Joséphine Durdent qu'on ne croit pas qu'al a fauté nonobstant qu'al est en correspondance avec le fil Oportun qu'est en service à Rouen et qui lui a envoyé un bonnet en cado par la diligence.

Pas une ne sortit intacte de cette enquête scrupuleuse. Françoise interrogeait tout le monde, les voisins, les fournisseurs, l'instituteur, les sœurs de l'école et recueillait les moindres bruits.

Comme il n'est pas une fille dans l'univers sur qui les commères n'aient jasé, il ne se trouva pas dans le pays une seule jeune personne à l'abri d'une médisance.

Or Mme Husson voulait que la rosière de Gisors, comme la femme de César, ne fût même pas soupçonnée, et elle demeurait effarée, désolée, désespérée, devant le livre de cuisine de sa bonne [15].

On élargit alors le cercle des perquisitions jusqu'aux villages environnants ; on ne trouva rien.

Le maire fut consulté. Ses protégées échouèrent. Celles du Dr Barbesol n'eurent pas plus de succès, malgré la précision de ses garanties scientifiques.

Or, un matin, Françoise, qui rentrait d'une course, dit à sa maîtresse :

— Voyez-vous, madame, si vous voulez couronner quelqu'un, n'y a qu'Isidore dans la contrée.

Mme Husson resta rêveuse.

Elle le connaissait bien, Isidore, le fils de Virginie la fruitière. Sa chasteté proverbiale faisait la joie de

Gisors depuis plusieurs années déjà, servait de thème plaisant aux conversations de la ville et d'amusement pour les filles qui s'égayaient à le taquiner. Agé de vingt ans passés, grand, gauche, lent et craintif, il aidait sa mère dans son commerce et passait ses jours à éplucher des fruits ou des légumes, assis sur une chaise devant la porte.

Il avait une peur maladive des jupons qui lui faisait baisser les yeux dès qu'une cliente le regardait en souriant, et cette timidité bien connue le rendait le jouet de tous les espiègles du pays.

Les mots hardis, les gauloiseries, les allusions graveleuses le faisaient rougir si vite que le Dr Barbesol l'avait surnommé le thermomètre de la pudeur[16]. Savait-il ou ne savait-il pas? se demandaient les voisins, les malins. Était-ce le simple pressentiment de mystères ignorés et honteux, ou bien l'indignation pour les vils contacts ordonnés par l'amour qui semblait émouvoir si fort le fils de la fruitière Virginie? Les galopins du pays en courant devant sa boutique hurlaient des ordures à pleine bouche afin de le voir baisser les yeux; les filles s'amusaient à passer et repasser devant lui en chuchotant des polissonneries qui le faisaient rentrer dans la maison. Les plus hardies le provoquaient ouvertement, pour rire, pour s'amuser, lui donnaient des rendez-vous, lui proposaient un tas de choses abominables.

Donc Mme Husson était devenue rêveuse.

Certes, Isidore était un cas de vertu exceptionnel, notoire, inattaquable. Personne, parmi les plus sceptiques, parmi les plus incrédules, n'aurait pu, n'aurait osé soupçonner Isidore de la plus légère infraction à une loi quelconque de la morale. On ne l'avait jamais vu non plus dans un café, jamais rencontré le soir dans les rues. Il se couchait à huit heures et se levait à quatre. C'était une perfection, une perle.

Cependant Mme Husson hésitait encore. L'idée de substituer un rosier à une rosière la troublait, l'inquiétait un peu, et elle se résolut à consulter l'abbé Malou.

L'abbé Malou répondit : « Qu'est-ce que vous désirez récompenser, madame ? C'est la vertu, n'est-ce pas, et rien que la vertu.

« Que vous importe, alors, qu'elle soit mâle ou femelle ! La vertu est éternelle, elle n'a pas de patrie et pas de sexe : elle est *la Vertu.* »

Encouragée ainsi, Mme Husson alla trouver le maire.

Il approuva tout à fait. « Nous ferons une belle cérémonie, dit-il. Et une autre année, si nous trouvons une femme aussi digne qu'Isidore, nous couronnerons une femme. C'est même là un bel exemple que nous donnerons à Nanterre [17]. Ne soyons pas exclusifs, accueillons tous les mérites. »

Isidore, prévenu, rougit très fort et sembla content.

Le couronnement fut donc fixé au 15 août, fête de la Vierge Marie et de l'empereur Napoléon [18].

La municipalité avait décidé de donner un grand éclat à cette solennité et on avait disposé l'estrade sur les Couronneaux, charmant prolongement des remparts de la vieille forteresse où je te mènerai tout à l'heure.

Par une naturelle révolution de l'esprit public, la vertu d'Isidore, bafouée jusqu'à ce jour, était devenue soudain respectable et enviée depuis qu'elle devait lui rapporter 500 francs, plus un livret de caisse d'épargne, une montagne de considération et de la gloire à revendre. Les filles maintenant regrettaient leur légèreté, leurs rires, leurs allures libres ; et Isidore, bien que toujours modeste et timide, avait pris un petit air satisfait qui disait sa joie intérieure.

Dès la veille du 15 août, toute la rue Dauphine était pavoisée de drapeaux. Ah ! j'ai oublié de te dire à la suite de quel événement cette voie avait été appelée rue Dauphine.

Il paraîtrait que la Dauphine, une dauphine, je ne sais plus laquelle [19], visitant Gisors, avait été tenue si longtemps en représentation par les autorités, que, au milieu d'une promenade triomphale à travers la ville, elle arrêta le cortège devant une des maisons de cette rue, et s'écria : « Oh ! la jolie habitation, comme je voudrais la visiter ! A qui donc appartient-elle ? » On lui nomma le propriétaire, qui fut cherché, trouvé et amené, confus et glorieux, devant la princesse.

Elle descendit de voiture, entra dans la maison, prétendit la connaître du haut en bas et resta même enfermée quelques instants seule dans une chambre.

Quand elle ressortit, le peuple, flatté de l'honneur fait à un citoyen de Gisors, hurla : « Vive la Dauphine ! » Mais une chansonnette fut rimée par un farceur, et la rue garda le nom de l'altesse royale, car :

La princesse très pressée,
Sans cloche, prêtre ou bedeau,
L'avait, avec un peu d'eau,
Baptisée.

Mais je reviens à Isidore.

On avait jeté des fleurs tout le long du parcours du cortège, comme on fait aux processions de la Fête-Dieu, et la garde nationale était sur pied, sous les ordres de son chef, le commandant Desbarres[20], un vieux solide de la Grande Armée, qui montrait avec orgueil, à côté du cadre contenant la croix d'honneur donnée par l'empereur lui-même, la barbe d'un cosaque cueillie d'un seul coup de sabre au menton de son propriétaire par le commandant, pendant la retraite de Russie.

Le corps qu'il commandait était d'ailleurs un corps d'élite célèbre dans toute la province, et la compagnie des grenadiers de Gisors se voyait appelée à toutes les fêtes mémorables dans un rayon de quinze à vingt lieues. On raconte que le roi Louis-Philippe, passant en revue les milices de l'Eure, s'arrêta émerveillé devant la compagnie de Gisors, et s'écria : « Oh ! quels sont ces beaux grenadiers ?

— Ceux de Gisors, répondit le général.

— J'aurais dû m'en douter », murmura le roi.

Le commandant Desbarres s'en vint donc avec ses hommes, musique en tête, chercher Isidore dans la boutique de sa mère.

Avec un petit air joué sous ses fenêtres, le Rosier lui-même apparut sur le seuil.

Il était vêtu de coutil blanc des pieds à la tête, et coiffé d'un chapeau de paille qui portait, comme cocarde, un petit bouquet de fleurs d'oranger.

Cette question du costume avait beaucoup inquiété Mme Husson, qui hésita longtemps entre la veste noire des premiers communiants et le complet tout à fait blanc. Mais Françoise, sa conseillère, la décida pour le complet blanc en faisant voir que le Rosier aurait l'air d'un cygne.

Derrière lui parut sa protectrice, sa marraine, Mme Husson triomphante. Elle prit son bras pour sortir, et le maire se plaça de l'autre côté du Rosier. Les tambours battaient. Le commandant Desbarres commanda : « Présentez armes ! » Le cortège se remit en marche vers l'église, au milieu d'un immense concours de peuple venu de toutes les communes voisines.

Après une courte messe et une allocution touchante de l'abbé Malou, on repartit vers les Couronneaux où le banquet était servi sous une tente.

Avant de se mettre à table, le maire prit la parole. Voici son discours textuel. Je l'ai appris par cœur, car il est beau :

« Jeune homme, une femme de bien, aimée des pauvres et respectée des riches, Mme Husson, que le pays tout entier remercie ici, par ma voix, a eu la pensée, l'heureuse et bienfaisante pensée, de fonder en cette ville un prix de vertu qui serait un précieux encouragement offert aux habitants de cette belle contrée.

« Vous êtes, jeune homme, le premier élu, le premier couronné de cette dynastie de la sagesse et de la chasteté. Votre nom restera en tête de cette liste des plus méritants ; et il faudra que votre vie, comprenez-le bien, que votre vie tout entière, réponde à cet heureux commencement. Aujourd'hui, en face de cette noble femme qui récompense votre conduite, en face de ces soldats-citoyens qui ont pris les armes en votre honneur, en face de cette population émue, réunie pour vous acclamer, ou plutôt pour acclamer en vous la vertu, vous contractez l'engagement solennel envers la ville, envers nous tous, de donner jusqu'à votre mort l'excellent exemple de votre jeunesse.

« Ne l'oubliez point, jeune homme. Vous êtes la première graine jetée dans ce champ de l'espérance, donnez-nous les fruits que nous attendons de vous. »

Le maire fit trois pas, ouvrit les bras et serra contre son cœur Isidore qui sanglotait.

Il sanglotait, le Rosier, sans savoir pourquoi, d'émotion confuse, d'orgueil, d'attendrissement vague et joyeux.

Puis le maire lui mit dans une main une bourse de soie où sonnait de l'or, cinq cents francs en or !... et dans l'autre un livret de caisse d'épargne. Et il prononça d'une voix solennelle : « Hommage, gloire et richesse à la vertu. »

Le commandant Desbarres hurlait : « Bravo ! » Les grenadiers vociféraient, le peuple applaudit.

A son tour Mme Husson s'essuya les yeux.

Puis on prit place autour de la table où le banquet était servi.

Il fut interminable et magnifique. Les plats suivaient les plats ; le cidre jaune et le vin rouge fraternisaient dans les verres voisins et se mêlaient dans les estomacs. Les chocs d'assiettes, les voix et la musique qui jouait en sourdine faisaient une rumeur continue, profonde, s'éparpillant dans le ciel clair où volaient les hirondelles. Mme Husson rajustait par moments sa perruque de soie noire chavirée sur une oreille et causait avec l'abbé Malou. Le maire, excité, parlait politique avec le commandant Desbarres, et Isidore mangeait, Isidore buvait, comme il n'avait jamais bu et mangé ! Il prenait et reprenait de tout, s'apercevant pour la première fois qu'il est doux de sentir son ventre s'emplir de bonnes choses qui font plaisir d'abord en passant dans la bouche. Il avait desserré adroitement la boucle de son pantalon qui le serrait sous la pression croissante de son bedon, et silencieux, un peu inquiété cependant par une tache de vin tombée sur son veston de coutil, il cessait de mâcher pour porter son verre à sa bouche, et l'y garder le plus possible, car il goûtait avec lenteur.

L'heure des toasts sonna. Ils furent nombreux et très applaudis. Le soir venait ; on était à table depuis midi [21]. Déjà flottaient dans la vallée les vapeurs fines et laiteuses, léger vêtement de nuit des ruisseaux et des prairies ; le soleil touchait à l'horizon ; les vaches beuglaient au loin dans les brumes des pâturages. C'était fini : on redescendait vers Gisors. Le cortège, rompu maintenant, marchait en débandade. Mme Husson avait pris le bras d'Isidore et lui faisait des recommandations nombreuses, pressantes, excellentes.

Ils s'arrêtèrent devant la porte de la fruitière, et le Rosier fut laissé chez sa mère.

Elle n'était point rentrée. Invitée par sa famille à célébrer aussi le triomphe de son fils, elle avait déjeuné chez sa sœur, après avoir suivi le cortège jusqu'à la tente du banquet.

Donc Isidore resta seul dans la boutique où pénétrait la nuit.

Il s'assit sur une chaise, agité par le vin et par l'orgueil, et regarda autour de lui. Les carottes, les choux, les oignons répandaient dans la pièce fermée leur forte senteur de légumes, leurs arômes jardiniers et rudes, auxquels se mêlaient une douce et pénétrante odeur de fraises et le parfum léger, le parfum fuyant d'une corbeille de pêches.

Le Rosier en prit une et la mangea à pleines dents, bien qu'il eût le ventre rond comme une citrouille. Puis tout à coup, affolé de joie, il se mit à danser ; et quelque chose sonna dans sa veste.

Il fut surpris, enfonça ses mains en ses poches et ramena la bourse aux cinq cents francs qu'il avait oubliée dans son ivresse ! Cinq cents francs ! quelle fortune ! Il versa les louis sur le comptoir et les étala d'une lente caresse de sa main grande ouverte pour les voir tous en même temps. Il y en avait vingt-cinq, vingt-cinq pièces rondes, en or ! toutes en or ! Elles brillaient sur le bois dans l'ombre épaissie, et il les comptait et les recomptait, posant le doigt sur chacune et murmurant : « Une, deux, trois, quatre, cinq, — cent ; — six, sept huit, neuf, dix, — deux cents » ; puis il les remit dans la bourse qu'il cacha de nouveau dans sa poche.

Qui saura et qui pourrait dire le combat terrible livré dans l'âme du Rosier entre le mal et le bien, l'attaque tumultueuse de Satan, ses ruses, les tentations qu'il jeta en ce cœur timide et vierge[22] ? Quelles suggestions, quelles images, quelles convoitises inventa le Malin pour émouvoir et perdre cet élu ? Il saisit son chapeau, l'élu de Mme Husson, son chapeau qui portait encore le petit bouquet de fleurs d'oranger, et, sortant par la ruelle derrière la maison, il disparut dans la nuit.

....

La fruitière Virginie, prévenue que son fils était rentré, revint presque aussitôt et trouva la maison vide. Elle attendit, sans s'étonner d'abord ; puis, au bout d'un quart d'heure, elle s'informa. Les voisins de la rue Dauphine avaient vu entrer Isidore et ne l'avaient point vu ressortir. Donc on le chercha : on ne le découvrit point. La fruitière, inquiète, courut à la mairie : le maire ne savait rien, sinon qu'il avait laissé le Rosier devant sa porte. Mme Husson venait de se coucher quand on l'avertit que son protégé avait disparu. Elle remit aussitôt sa perruque, se leva et vint elle-même chez Virginie. Virginie, dont l'âme populaire avait l'émotion rapide, pleurait toutes ses larmes au milieu de ses choux, de ses carottes et de ses oignons.

On craignait un accident. Lequel ? Le commandant Desbarres prévint la gendarmerie qui fit une ronde autour de la ville ; et on trouva, sur la route de Pontoise, le petit bouquet de fleurs d'oranger. Il fut placé sur une table autour de laquelle délibéraient les autorités. Le Rosier avait dû être victime d'une ruse, d'une machination, d'une jalousie ; mais comment ? Quel moyen avait-on employé pour enlever cet innocent, et dans quel but ?

Las de chercher sans trouver, les autorités se couchèrent. Virginie seule veilla dans les larmes.

Or, le lendemain soir, quand passa, à son retour, la diligence de Paris, Gisors apprit avec stupeur que son Rosier avait arrêté la voiture à deux cents mètres du pays, était monté, avait payé sa place en donnant un louis dont on lui remit la monnaie, et qu'il était descendu tranquillement dans le cœur de la grande ville.

L'émotion devint considérable dans le pays. Des lettres furent échangées entre le maire et le chef de la police parisienne, mais n'amenèrent aucune découverte.

Les jours suivaient les jours, la semaine s'écoula.

Or, un matin, le Dr Barbesol, sorti de bonne heure, aperçut, assis sur le seuil d'une porte, un homme vêtu de toile grise, et qui dormait la tête contre le mur. Il s'approcha et reconnut Isidore. Voulant le réveiller, il n'y put parvenir. L'ex-Rosier dormait d'un sommeil profond, invincible, inquiétant, et le médecin, surpris, alla requérir de l'aide afin de porter le jeune homme à la pharmacie Boncheval[23]. Lorsqu'on le souleva, une bouteille vide apparut, cachée sous lui, et, l'ayant flairée, le docteur déclara qu'elle avait contenu de l'eau-de-vie. C'était un indice qui servit pour les soins à donner. Ils réussirent. Isidore était ivre, ivre et abruti par huit jours de saoulerie, ivre et dégoûtant à n'être pas touché par un chiffonnier. Son beau costume de coutil blanc était devenu une loque grise, jaune, graisseuse, fangeuse, déchiquetée, ignoble ; et sa personne sentait toutes sortes d'odeurs d'égout, de ruisseau et de vice.

Il fut lavé, sermonné, enfermé, et pendant quatre jours ne sortit point. Il semblait honteux et repentant. On n'avait retrouvé sur lui ni la bourse aux cinq cents francs, ni le livret de caisse d'épargne, ni même sa montre d'argent, héritage sacré laissé par son père le fruitier.

Le cinquième jour, il se risqua dans la rue Dauphine. Les regards curieux le suivaient et il allait le long des maisons la tête basse, les yeux fuyants. On le perdit de vue à la sortie du pays vers la vallée ; mais deux heures plus tard il reparut, ricanant et se heurtant aux murs. Il était ivre, complètement ivre.

Rien ne le corrigea.

Chassé par sa mère, il devint charretier et conduisit les voitures de charbon de la maison Pougrisel, qui existe encore aujourd'hui.

Sa réputation d'ivrogne devint si grande, s'étendit si loin, qu'à Évreux même on parlait du Rosier de Mme Husson, et les pochards du pays ont conservé ce surnom.

Un bienfait n'est jamais perdu.

. . . .

Le Dr Marambot se frottait les mains en terminant son histoire. Je lui demandai :

— As-tu connu le Rosier, toi ?

— Oui, j'ai eu l'honneur de lui fermer les yeux.

— De quoi est-il mort ?

— Dans une crise de *delirium tremens*, naturellement.

Nous étions arrivés près de la vieille forteresse, amas de murailles ruinées que dominent l'énorme tour Saint-Thomas de Cantorbéry et la tour dite du Prisonnier.

Marambot me conta l'histoire de ce prisonnier qui, au moyen d'un clou, couvrit de sculptures les murs de son cachot, en suivant les mouvements du soleil à travers la fente étroite d'une meurtrière.

Puis j'appris que Clotaire II avait donné le patrimoine de Gisors à son cousin saint Romain, évêque de Rouen, que Gisors cessa d'être la capitale de tout le Vexin après le traité de Saint-Clair-sur-Epte, que la ville est le premier point stratégique de toute cette partie de la France, et qu'elle fut, par suite de cet avantage, prise et reprise un nombre infini de fois. Sur l'ordre de Guillaume le Roux, le célèbre ingénieur Robert de Bellesme y construisit une puissante forteresse attaquée plus tard par Louis le Gros, puis par les barons normands, défendue par Robert de Candos, cédée enfin à Louis le Gros par Geoffroy Plantagenet, reprise par les Anglais à la suite d'une trahison des Templiers, disputée entre Philippe-Auguste et Richard Cœur de Lion, brûlée par Édouard III d'Angleterre qui ne put prendre le château, enlevée de nouveau par les Anglais en 1419, rendue plus tard à Charles VII par Richard de Marbury, prise par le duc de Calabre, occupée par la Ligue, habitée par Henri IV, etc., etc., etc.

Et Marambot, convaincu, presque éloquent, répétait :

« Quels gueux, ces Anglais !!! Et quels pochards, mon cher ; tous Rosiers, ces hypocrites-là ! »

Puis après un silence, tendant son bras vers la mince rivière qui brillait dans la prairie :

— Savais-tu qu'Henry Monnier[24] fût un des pêcheurs les plus assidus des bords de l'Epte ?

— Non, je ne savais pas.

— Et Bouffé[25], mon cher, Bouffé a été ici peintre vitrier.

— Allons donc !

— Mais oui. Comment peux-tu ignorer ces choses-là ?

UN ÉCHEC[1]

J'allais à Turin en traversant la Corse.

Je pris à Nice le bateau pour Bastia, et, dès que nous fûmes en mer, je remarquai, assise sur le pont, une jeune femme gentille et assez modeste, qui regardait au loin. Je me dis : « Tiens, voilà ma traversée. »

Je m'installai en face d'elle et je la regardai en me demandant tout ce qu'on doit se demander quand on aperçoit une femme inconnue qui vous intéresse : sa condition, son âge, son caractère. Puis on devine, par ce qu'on voit, ce qu'on ne voit pas. On sonde avec l'œil et la pensée les dedans du corsage et les dessous de la robe. On note la longueur du buste quand elle est assise ; on tâche de découvrir la cheville ; on remarque la qualité de la main qui révélera la finesse de toutes les attaches, et la qualité de l'oreille qui indique l'origine mieux qu'un extrait de naissance toujours contestable. On s'efforce de l'entendre parler pour pénétrer la nature de son esprit, et les tendances de son cœur par les intonations de sa voix. Car le timbre et toutes les nuances de la parole montrent à un observateur expérimenté toute la contexture mystérieuse d'une âme, l'accord étant toujours parfait, bien que difficile à saisir, entre la pensée même et l'organe qui l'exprime.

Donc j'observais attentivement ma voisine, cherchant les signes, analysant ses gestes, attendant des révélations de toutes ses attitudes.

Elle ouvrit un petit sac et tira un journal. Je me frottai les mains : « Dis-moi qui tu lis, je te dirai ce que tu penses. »

Elle commença par l'article de tête, avec un petit air content et friand. Le titre de la feuille me sauta aux yeux : *l'Écho de Paris*[2]. Je demeurai perplexe. Elle lisait une chronique de Scholl. Diable ! c'était une scholliste — une scholliste ? Elle se mit à sourire : une gauloise. Alors pas bégueule, bon enfant. Très bien. Une scholliste — oui, ça aime l'esprit français, la finesse et le sel, même le poivre. Bonne note. Et je pensai : voyons la contre-épreuve.

J'allai m'asseoir auprès d'elle et je me mis à lire, avec non moins d'attention, un volume de poésies que j'avais acheté au départ : *la Chanson d'amour*, par Félix Frank[3].

Je remarquai qu'elle avait cueilli le titre sur la couverture, d'un coup d'œil rapide, comme un oiseau cueille une mouche en volant. Plusieurs voyageurs passaient devant nous pour la regarder. Mais elle ne semblait penser qu'à sa chronique. Quand elle l'eut finie, elle posa le journal entre nous deux.

Je la saluai et je lui dis :

— Me permettez-vous, madame, de jeter un coup d'œil sur cette feuille ?

— Certainement, monsieur.

— Puis-je vous offrir, pendant ce temps, ce volume de vers ?

— Certainement, monsieur ; c'est amusant ?

Je fus un peu troublé par cette question. On ne demande pas si un recueil de vers est amusant. — Je répondis :

— C'est mieux que cela, c'est charmant, délicat et très artiste.

— Donnez alors.

Elle prit le livre, l'ouvrit et se mit à le parcourir avec un petit air étonné prouvant qu'elle ne lisait pas souvent de vers.

Parfois, elle semblait attendrie, parfois elle souriait, mais d'un autre sourire qu'en lisant son journal.

Soudain, je lui demandai : — Cela vous plaît-il ?

— Oui, mais j'aime ce qui est gai, moi, ce qui est très gai, je ne suis pas sentimentale.

Et nous commençâmes à causer. J'appris qu'elle était femme d'un capitaine de dragons en garnison à Ajaccio et qu'elle allait rejoindre son mari.

En quelques minutes, je devinai qu'elle ne l'aimait guère, ce mari ! Elle l'aimait pourtant, mais avec réserve, comme on aime un homme qui n'a pas tenu grand'chose des espérances éveillées aux jours des fiançailles. Il l'avait promenée de garnison en garnison, à travers un tas de petites villes, si tristes ! Maintenant, il l'appelait dans cette île qui devait être lugubre. Non, la vie n'était pas amusante pour tout le monde. Elle aurait encore préféré demeurer chez ses parents à Lyon, car elle connaissait tout le monde à Lyon. Mais il lui fallait aller en Corse maintenant. Le ministre, vraiment, n'était pas aimable pour son mari, qui avait pourtant de très beaux états de services.

Et nous parlâmes des résidences qu'elle eût préférées.

Je demandai : — Aimez-vous Paris ?

Elle s'écria : — Oh ! monsieur, si j'aime Paris ! Est-il possible de faire une pareille question ? Et elle se mit à me parler de Paris avec une telle ardeur, un tel enthousiasme, une telle frénésie de convoitise que je pensai : « Voilà la corde dont il faut jouer. »

Elle adorait Paris, de loin, avec une rage de gourmandise rentrée, avec une passion exaspérée de provinciale, avec une impatience affolée d'oiseau en cage qui regarde un bois toute la journée, de la fenêtre où il est accroché.

Elle se mit à m'interroger, en balbutiant d'angoisse ; elle voulait tout apprendre, tout, en cinq minutes. Elle savait les noms de tous les gens connus, et de beaucoup d'autres encore dont je n'avais jamais entendu parler.

— Comment est M. Gounod ? Et M. Sardou ? Oh ! monsieur, comme j'aime les pièces de M. Sardou ! Comme c'est gai, spirituel ! Chaque fois que j'en vois une, je rêve pendant huit jours ! J'ai lu aussi un livre de M. Daudet qui m'a tant plu ! *Sapho,* connaissez-vous ça ? Est-il joli garçon, M. Daudet ? L'avez-vous vu ? Et M. Zola, comment est-il ? Si vous saviez comme *Germinal* m'a fait pleurer ! Vous rappelez-vous le petit enfant qui meurt sans lumière ? Comme c'est terrible ! J'ai failli en faire une maladie. Ça n'est pas pour rire, par exemple ! J'ai lu aussi un livre de M. Bourget, *Cruelle énigme !* J'ai une cousine qui a si bien perdu la tête de ce roman-là qu'elle a écrit à M. Bourget. Moi, j'ai trouvé ça trop poétique. J'aime mieux ce qui est drôle. Connaissez-vous M. Grévin ? Et M. Coquelin ? Et M. Damala ? Et M. Rochefort ? On dit qu'il a tant d'esprit ! Et M. de Cassagnac[4] ? Il paraît qu'il se bat tous les jours ?...

....

Au bout d'une heure environ, ses interrogations commençaient à s'épuiser ; et ayant satisfait sa curiosité de la façon la plus fantaisiste, je pus parler à mon tour.

Je lui racontai des histoires du monde, du monde parisien, du grand monde. Elle écoutait de toutes ses oreilles, de tout son cœur. Oh ! certes, elle a dû prendre une jolie idée des belles dames, des illustres dames de Paris. Ce n'étaient qu'aventures galantes, que rendez-vous, que victoires rapides et défaites passionnées. Elle me demandait de temps en temps :

— Oh ! c'est comme ça, le grand monde ?

Je souriais d'un air malin :

— Parbleu. Il n'y a que les petites bourgeoises qui mènent une vie plate et monotone par respect de la vertu, d'une vertu dont personne ne leur sait gré...

Et je me mis à saper la vertu à grands coups d'ironie, à grands coups de philosophie, à grands coups de blague. Je me moquai, avec désinvolture, des pauvres bêtes qui se laissent vieillir sans avoir rien connu de bon, de doux, de tendre ou de galant, sans avoir jamais savouré le délicieux plaisir des baisers dérobés, profonds, ardents, et cela parce qu'elles ont épousé une bonne cruche de mari dont la réserve conjugale les laisse aller jusqu'à la mort dans l'ignorance de toute sensualité raffinée et de tout sentiment élégant.

Puis, je citai encore des anecdotes, des anecdotes de cabinets particuliers, des intrigues que j'affirmais connues de l'univers entier. Et, comme refrain, c'était toujours l'éloge discret, secret, de l'amour brusque et caché, de la sensation volée comme un fruit, en passant, et oubliée aussitôt qu'éprouvée.

La nuit venait, une nuit calme et chaude. Le grand navire, tout secoué par sa machine, glissait sur la mer, sous l'immense plafond du ciel violet, étoilé de feu.

La petite femme ne disait plus rien. Elle respirait lentement et soupirait parfois. Soudain elle se leva :

— Je vais me coucher, dit-elle, bonsoir, monsieur.

Et elle me serra la main.

Je savais qu'elle devait prendre le lendemain soir la diligence qui va de Bastia à Ajaccio à travers les montagnes, et qui reste en route toute la nuit.

Je répondis :

— Bonsoir, madame.

Et je gagnai, à mon tour, la couchette de ma cabine.

J'avais loué, dès le matin du lendemain, les trois places du coupé, toutes les trois, pour moi tout seul.

Comme je montais dans la vieille voiture qui allait quitter Bastia, à la nuit tombante, le conducteur me demanda si je ne consentirais point à céder un coin à une dame.

Je demandai brusquement :

— A quelle dame ?

— A la dame d'un officier qui va à Ajaccio.

— Dites à cette personne que je lui offrirai volontiers une place.

Elle arriva, ayant passé la journée à dormir, disait-elle. Elle s'excusa, me remercia et monta.

Ce coupé était une espèce de boîte hermétiquement close et ne prenant jour que par les deux portes. Nous voici donc en tête-à-tête, là dedans. La voiture allait au trot, au grand trot ; puis elle s'engagea dans la montagne. Une odeur fraîche et puissante d'herbes aromatiques entrait par les vitres baissées, cette odeur forte que la Corse répand autour d'elle, si loin que les marins la reconnaissent au large, odeur pénétrante comme la senteur d'un corps, comme une sueur de la terre verte imprégnée de parfums, que le soleil ardent a dégagés d'elle, a évaporés dans le vent qui passe[5].

Je me remis à parler de Paris, et elle recommença à m'écouter avec une attention fiévreuse. Mes histoires devenaient hardies, astucieusement décolletées, pleines de mots voilés et perfides, de ces mots qui allument le sang.

La nuit était tombée tout à fait. Je ne voyais plus rien, pas même la tache blanche que faisait tout à l'heure le visage de la jeune femme. Seule la lanterne du cocher éclairait les quatre chevaux qui montaient au pas.

Parfois le bruit d'un torrent roulant dans les rochers nous arrivait, mêlé au son des grelots, puis se perdait bientôt dans le lointain, derrière nous.

J'avançai doucement le pied, et je rencontrai le sien qu'elle ne retira pas. Alors je ne remuai plus, j'attendis, et soudain, changeant de note, je parlai tendresse, affection. J'avais avancé la main et je rencontrai la sienne. Elle ne la retira pas non plus. Je parlais toujours, plus près de son oreille, tout près de sa bouche. Je sentais déjà battre son cœur contre ma poitrine. Certes, il battait vite et fort — bon signe ; — alors, lentement, je posai mes lèvres dans son cou, sûr que je la tenais, tellement sûr que j'aurais parié ce qu'on aurait voulu.

Mais, soudain, elle eut une secousse comme si elle se fût réveillée, une secousse telle que j'allai heurter l'autre bout du coupé. Puis, avant que j'eusse pu comprendre, réfléchir, penser à rien, je reçus d'abord cinq ou six gifles épouvantables, puis une grêle de coups de poing qui m'arrivaient, pointus et durs, tapant partout, sans que je pusse les parer dans l'obscurité profonde qui enveloppait cette lutte.

J'étendais les mains, cherchant, mais en vain, à saisir ses bras. Puis, ne sachant plus que faire, je me retournai brusquement, ne présentant plus à son attaque furieuse que mon dos, et cachant ma tête dans l'encoignure des panneaux.

Elle parut comprendre, au son des coups peut-être, cette manœuvre de désespéré, et elle cessa brusquement de me frapper.

Au bout de quelques secondes elle regagna son coin et se mit à pleurer par grands sanglots éperdus qui durèrent une heure au moins.

Je m'étais rassis, fort inquiet et très honteux. J'aurais voulu parler, mais que lui dire ? Je ne trouvais rien ! M'excuser ? C'était stupide ! Qu'est-ce que vous auriez dit, vous ! Rien non plus, allez.

Elle larmoyait maintenant et poussait parfois de gros soupirs, qui m'attendrissaient et me désolaient. J'aurais voulu la consoler, l'embrasser comme on embrasse les enfants tristes, lui demander pardon, me mettre à ses genoux. Mais je n'osais pas.

C'est fort bête ces situations-là !

Enfin, elle se calma, et nous restâmes, chacun dans notre coin, immobiles et muets, tandis que la voiture allait toujours, s'arrêtant parfois pour relayer. Nous fermions alors bien vite les yeux, tous les deux, pour n'avoir point à nous regarder quand entrait dans le coupé le vif rayon d'une lanterne d'écurie. Puis la diligence repartait ; et toujours l'air parfumé et savoureux des montagnes corses nous caressait les joues et les lèvres, et me grisait comme du vin.

Cristi, quel bon voyage si... si ma compagne eût été moins sotte !

Mais le jour lentement se glissa dans la voiture, un jour pâle de première aurore. Je regardai ma voisine. Elle faisait semblant de dormir. Puis le soleil, levé derrière les montagnes, couvrit bientôt de clarté un golfe immense tout bleu, entouré de monts énormes aux sommets de granit. Au bord du golfe une ville blanche, encore dans l'ombre, apparaissait devant nous.

Ma voisine alors fit semblant de s'éveiller, elle ouvrit les yeux (ils étaient rouges), elle ouvrit la bouche comme pour bâiller, comme si elle avait dormi longtemps. Puis elle hésita, rougit, et balbutia :

— Serons-nous bientôt arrivés ?

— Oui, madame, dans une heure à peine.

Elle reprit en regardant au loin :

— C'est très fatigant de passer une nuit en voiture.

— Oh ! oui, cela casse les reins.

— Surtout après une traversée.

— Oh ! oui.

— C'est Ajaccio devant nous ?

— Oui, madame.

— Je voudrais bien être arrivée.

— Je comprends ça.

Le son de sa voix était un peu troublé ; son allure un peu gênée, son œil un peu fuyant. Pourtant elle semblait avoir tout oublié.

Je l'admirais. Comme elles sont rouées d'instinct, ces mâtines-là ! Quelles diplomates !

Au bout d'une heure nous arrivions, en effet ; et un grand dragon, taillé en hercule, debout devant le bureau, agita un mouchoir en apercevant la voiture.

Ma voisine sauta dans ses bras avec élan et l'embrassa vingt fois au moins, en répétant : — Tu vas bien ? Comme j'avais hâte de te revoir !

Ma malle était descendue de l'impériale et je me retirais discrètement quand elle me cria : — Oh ! monsieur, vous vous en allez sans me dire adieu.

Je balbutiai : — Madame, je vous laissais à votre joie.

Alors elle dit à son mari : — Remercie monsieur, mon chéri ; il a été charmant pour moi pendant tout le voyage. Il m'a même offert une place dans le coupé qu'il avait pris pour lui tout seul. On est heureux de rencontrer des compagnons aussi aimables.

Le mari me serra la main en me remerciant avec conviction.

La jeune femme souriait en nous regardant... Moi je devais avoir l'air fort bête[6] !

ENRAGÉE[1] ?

Ma chère Geneviève, tu me demandes de te raconter mon voyage de noces. Comment veux-tu que j'ose ? Ah ! sournoise, qui ne m'avais rien dit, qui ne m'avais même rien laissé deviner, mais là, rien de rien !... Comment ! tu es mariée depuis dix-huit mois, oui, depuis dix-huit mois, toi qui te dis ma meilleure amie, toi qui ne me cachais rien, autrefois, et tu n'as pas eu la charité de me prévenir ? Si tu m'avais seulement donné l'éveil, si tu m'avais mise en garde, si tu avais laissé entrer un simple soupçon dans mon âme, un tout petit, tu m'aurais empêchée de faire une grosse bêtise dont je rougis encore, dont mon mari rira jusqu'à sa mort, et dont tu es seule coupable !

Je me suis rendue affreusement ridicule à tout jamais ; j'ai commis une de ces erreurs dont le souvenir ne s'efface pas, par ta faute, par ta faute, méchante !... Oh ! si j'avais su !

Tiens, je prends du courage en écrivant et je me décide à tout dire. Mais promets-moi de ne pas trop rire.

Ne t'attends pas à une comédie. C'est un drame.

Tu te rappelles mon mariage. Je devais partir le soir même pour mon voyage de noces. Certes, je ne ressemblais guère à la Paulette, dont Gyp nous a si drôlement conté l'histoire dans un spirituel roman : *Autour du mariage*[2]. Et si ma mère m'avait dit, comme

Mme d'Hautretan à sa fille : — « Ton mari te prendra dans ses bras... et..., je n'aurais certes pas répondu comme Paulette en éclatant de rire : « Ne va pas plus loin, maman... je sais tout ça aussi bien que toi, va... »

Moi je ne savais rien du tout, et maman, ma pauvre maman que tout effraye, n'a pas osé effleurer ce sujet délicat.

Donc, à cinq heures du soir, après la collation, on nous a prévenus que la voiture nous attendait. Les invités étaient partis, j'étais prête. Je me rappelle encore le bruit des malles dans l'escalier et la voix de nez de papa, qui ne voulait pas avoir l'air de pleurer. En m'embrassant, le pauvre homme m'a dit : « Bon courage ! » comme si j'allais me faire arracher une dent. Quant à maman, c'était une fontaine. Mon mari me pressait pour éviter ces adieux difficiles, j'étais moi-même tout en larmes, quoique bien heureuse. Cela ne s'explique guère, et pourtant c'est vrai. Tout à coup, je sentis quelque chose qui tirait ma robe. C'était Bijou, tout à fait oublié depuis le matin. La pauvre bête me disait adieu à sa manière. Cela me donna comme un petit coup dans le cœur, et un grand désir d'embrasser mon chien. Je le saisis (tu sais qu'il est gros comme le poing), et me mis à le dévorer de baisers. Moi, j'adore caresser les bêtes. Cela me fait un plaisir doux, ça me donne des sortes de frissons, c'est délicieux.

Quant à lui, il était comme fou ; il remuait ses pattes, il me léchait, il mordillait comme il fait quand il est très content. Tout à coup, il me prit le nez dans ses crocs et je sentis qu'il me faisait mal. Je poussai un petit cri et je reposai le chien par terre. Il m'avait vraiment mordue en voulant jouer. Je saignais. Tout le monde fut désolé. On apporta de l'eau, du vinaigre, des linges, et mon mari voulut lui-même me soigner. Ce n'était rien d'ailleurs, deux petits trous qu'on eût dit faits avec des aiguilles. Au bout de cinq minutes le sang était arrêté et je partis.

Il était décidé que nous ferions un voyage en Normandie, de six semaines environ.

Le soir, nous arrivions à Dieppe. Quand je dis « le soir », j'entends à minuit.

Tu sais comme j'aime la mer. Je déclarai à mon mari que je ne me coucherais pas avant de l'avoir vue. Il parut très contrarié. Je lui demandai en riant : « Est-ce que vous avez sommeil ? »

Il répondit : « Non, mon amie; mais vous devriez comprendre que j'ai hâte de me trouver seul avec vous. »

Je fus surprise : « Seul avec moi ? Mais nous sommes seuls depuis Paris dans le wagon. »

Il sourit : « Oui... mais... dans le wagon, ce n'est pas la même chose que si nous étions dans notre chambre. »

Je ne cédai pas : « Eh bien, monsieur, nous sommes seuls sur la plage, et voilà tout. »

Décidément cela ne lui plaisait pas. Il dit pourtant : « Soit, puisque vous le désirez. »

La nuit était magnifique, une de ces nuits qui vous font passer dans l'âme des idées grandes et vagues, plutôt des sensations que des pensées, avec des envies d'ouvrir les bras, d'ouvrir les ailes, d'embrasser le ciel, que sais-je ? On croit toujours qu'on va comprendre des choses inconnues.

Il y a dans l'air du Rêve, de la Poésie pénétrante, du bonheur d'autre part que de la terre, une sorte d'ivresse infinie qui vient des étoiles, de la lune, de l'eau argentée et remuante. Ce sont là les meilleurs instants qu'on ait dans la vie. Ils font voir l'existence différente, embellie, délicieuse; ils sont comme la révélation de ce qui pourrait être... ou de ce qui sera.

Cependant mon mari paraissait impatient de rentrer. Je lui disais : « As-tu froid ? — Non. — Alors regarde donc ce petit bateau là-bas, qui semble endormi sur l'eau. Peut-on être mieux qu'ici ? J'y resterais volontiers jusqu'au jour. Dis, veux-tu que nous attendions l'aurore ? »

Il crut que je me moquais de lui, et il m'entraîna presque de force jusqu'à l'hôtel ! Si j'avais su ? Oh ! le misérable !

Quand nous fûmes seuls, je me sentis honteuse, gênée, sans savoir pourquoi, je te le jure. Enfin je le fis passer dans le cabinet de toilette et je me couchai.

Oh ! ma chère, comment dire ça ? Enfin voici. Il prit sans doute mon extrême innocence pour de la malice, mon extrême simplicité pour de la rouerie, mon abandon confiant et niais pour une tactique, et il ne garda point les délicats ménagements qu'il faut pour expliquer, faire comprendre et accepter de pareils mystères à une âme sans défiance et nullement préparée.

Et tout à coup, je crus qu'il avait perdu la tête. Puis, la peur m'envahissant, je me demandais s'il me voulait tuer. Quand la terreur vous saisit, on ne raisonne pas, on ne pense plus, on devient fou. En une seconde je m'imaginai des choses effroyables. Je pensai aux faits divers des journaux, aux crimes mystérieux, à toutes les histoires chuchotées de jeunes filles épousées par des misérables ! Est-ce que je le connaissais, cet homme ? Je me débattais, le repoussant, éperdue d'épouvante. Je lui arrachai même une poignée de cheveux et un côté de la moustache, et, délivrée par cet effort, je me levai en hurlant « au secours ! » Je courus à la porte, je tirai les verrous et je m'élançai, presque nue, dans l'escalier.

D'autres portes s'ouvrirent. Des hommes en chemise apparurent avec des lumières à la main. Je tombai dans les bras de l'un d'eux en implorant sa protection. Il se jeta sur mon mari.

Je ne sais plus le reste. On se battait, on criait ; puis on a ri, mais ri comme tu ne peux pas croire. Toute la maison riait, de la cave au grenier. J'entendais dans les corridors de grandes fusées de gaieté, d'autres dans les chambres au-dessus. Les marmitons riaient sous les toits, et le garçon de garde se tordait sur son matelas, dans le vestibule !

Songe donc : dans un hôtel !

Je me retrouvai ensuite seule avec mon mari, qui me donna quelques explications sommaires, comme on explique une expérience de chimie avant de la tenter. Il n'était pas du tout content. Je pleurai jusqu'au jour, et nous sommes partis dès l'ouverture des portes.

Ce n'est pas tout.

Le lendemain nous arrivions à Pourville[3], qui n'est encore qu'un embryon de station de bains. Mon mari m'accablait de petits soins, de tendresses. Après un premier mécontentement il paraissait enchanté. Honteuse et désolée de mon aventure de la veille, je fus aussi aimable qu'on peut l'être, et docile. Mais tu ne te figures pas l'horreur, le dégoût, presque la haine qu'Henry m'inspira lorsque je sus cet infâme secret qu'on cache si soigneusement aux jeunes filles. Je me sentais désespérée, triste à mourir, revenue de tout et harcelée du besoin de retourner auprès de mes pauvres parents. Le surlendemain nous arrivions à Étretat. Tous les baigneurs étaient en émoi : une jeune femme, mordue par un petit chien, venait de mourir enragée. Un grand frisson me courut dans le dos quand j'entendis raconter cela à table d'hôte. Il me sembla tout de suite que je souffrais dans le nez et je sentis des choses singulières tout le long des membres.

Je ne dormis pas de la nuit ; j'avais complètement oublié mon mari. Si j'allais aussi mourir enragée ! Je demandai des détails le lendemain au maître d'hôtel. Il m'en donna d'affreux. Je passai le jour à me promener sur la falaise. Je ne parlais plus, je songeais. La rage ! quelle mort horrible ! Henry me demandait : « Qu'as-tu ? Tu sembles triste. » Je répondais : « Mais rien, mais rien. » Mon regard égaré se fixait sur la mer sans la voir, sur les fermes, sur les plaines, sans que j'eusse pu dire ce que j'avais sous les yeux. Pour rien au monde je n'aurais voulu avouer la pensée qui me torturait. Quelques douleurs, de vraies douleurs, me passèrent dans le nez. Je voulus rentrer.

A peine revenue à l'hôtel, je m'enfermai pour regarder la plaie. On ne la voyait plus. Et pourtant, je n'en pouvais douter, elle me faisait mal.

J'écrivis tout de suite à ma mère une courte lettre qui dut lui paraître étrange. Je demandais une réponse immédiate à des questions insignifiantes. J'écrivis, après avoir signé : « Surtout n'oublie pas de me donner des nouvelles de Bijou. »

Le lendemain je ne pus manger, mais je refusai de voir un médecin. Je demeurai assise toute la journée sur la plage à regarder les baigneurs dans l'eau. Ils arrivaient gros ou minces, tous laids dans leurs affreux costumes ; mais je ne songeais guère à rire. Je pensais : « Sont-ils heureux, ces gens ! ils n'ont pas été mordus. Ils vivront, eux ! ils ne craignent rien. Ils peuvent s'amuser à leur gré. Sont-ils tranquilles ! »

A tout instant je portais la main à mon nez pour le tâter. N'enflait-il pas ? Et à peine rentrée à l'hôtel, je m'enfermais pour le regarder dans la glace. Oh ! s'il avait changé de couleur, je serais morte sur le coup.

Le soir, je me sentis tout à coup une sorte de tendresse pour mon mari, une tendresse de désespérée. Il me parut bon, je m'appuyai sur son bras. Vingt fois je faillis lui dire mon abominable secret, mais je me tus.

Il abusa odieusement de mon abandon et de l'affaissement de mon âme. Je n'eus pas la force de lui résister, ni même la volonté. J'aurais tout supporté, tout souffert ! Le lendemain, je reçus une lettre de ma mère. Elle répondait à mes questions, mais ne me parlait pas de Bijou. Je pensai sur-le-champ : « Il est mort et on me le cache. » Puis je voulus courir au télégraphe pour envoyer une dépêche. Une réflexion m'arrêta : « S'il est vraiment mort, on ne me le dira pas. » Je me résignai donc encore à deux jours d'angoisses. Et j'écrivis de nouveau. Je demandais qu'on m'envoyât le chien qui me distrairait, car je m'ennuyais un peu.

Des tremblements me prirent dans l'après-midi. Je ne pouvais lever un verre plein sans en répandre la moitié. L'état de mon âme était lamentable. J'échappai à mon mari vers le crépuscule et je courus à l'église. Je priai longtemps.

En revenant, je sentis de nouvelles douleurs dans le nez et j'entrai chez le pharmacien dont la boutique était éclairée. Je lui parlai d'une de mes amies qui aurait été mordue et je lui demandai des conseils. C'était un aimable homme, plein d'obligeance. Il me renseigna abondamment. Mais j'oubliais les choses à mesure qu'il me les disait, tant j'avais l'esprit troublé. Je ne retins que ceci : « Les purgations étaient souvent recommandées. » J'achetai plusieurs bouteilles de je ne sais quoi, sous prétexte de les envoyer à mon amie.

Les chiens que je rencontrais me faisaient horreur et me donnaient envie de fuir à toutes jambes. Il me sembla plusieurs fois que j'avais aussi envie de les mordre.

Ma nuit fut horriblement agitée. Mon mari en profita. Dès le lendemain, je reçus la réponse de ma mère. — Bijou, disait-elle, se portait fort bien. Mais on l'exposerait trop en l'expédiant ainsi tout seul par le chemin de fer. Donc on ne voulait pas me l'envoyer. Il était mort !

Je ne pus encore dormir. Quant à Henry, il ronfla. Il se réveilla plusieurs fois. J'étais anéantie.

Le lendemain, je pris un bain de mer. Je faillis me trouver mal en entrant dans l'eau, tant je fus saisie par le froid. Je demeurai plus ébranlée encore par cette sensation de glace. J'avais dans les jambes des tressaillements affreux ; mais je ne souffrais plus du tout du nez.

On me présenta, par hasard, le médecin inspecteur des bains, un charmant homme. Je mis une habileté extrême à l'amener sur mon sujet. Je lui dis alors que mon jeune chien m'avait mordue quelques jours auparavant et je lui demandai ce qu'il faudrait faire s'il survenait quelque inflammation. Il se mit à rire et répondit : « Dans votre situation, je ne verrais qu'un moyen, madame, ce serait de vous faire un nouveau nez[4]. »

Et comme je ne comprenais pas, il ajouta : « Cela d'ailleurs regarde votre mari. »

Je n'étais pas plus avancée ni mieux renseignée en le quittant.

Henry, ce soir-là, semblait très gai, très heureux. Nous vînmes le soir au Casino, mais il n'attendit pas la fin du spectacle pour me proposer de rentrer. Rien n'avait plus d'intérêt pour moi, je le suivis.

Mais je ne pouvais tenir au lit, tous mes nerfs étaient ébranlés et vibrants. Lui, non plus, ne dormait pas. Il m'embrassait, me caressait, devenu doux et tendre comme s'il eût deviné enfin combien je souffrais. Je subissais ses caresses sans même les comprendre, sans y songer.

Mais tout à coup une crise subite, extraordinaire, foudroyante, me saisit. Je poussai un cri effroyable, et repoussant mon mari qui s'attachait à moi, je m'élançai dans la chambre et j'allai m'abattre sur la face, contre la porte. C'était la rage, l'horrible rage. J'étais perdue !

Henry me releva, effaré, voulut savoir. Mais je me tus. J'étais résignée maintenant. J'attendais la mort. Je savais qu'après quelques heures de répit, une autre crise me saisirait, puis une autre, puis une autre, jusqu'à la dernière qui serait mortelle.

Je me laissai reporter dans le lit. Au point du jour, les irritantes obsessions de mon mari déterminèrent un nouvel accès, qui fut plus long que le premier. J'avais envie de déchirer, de mordre, de hurler ; c'était terrible, et cependant moins douloureux que je n'aurais cru.

Vers huit heures du matin, je m'endormis pour la première fois depuis quatre nuits.

A onze heures, une voix aimée me réveilla. C'était maman que mes lettres avaient effrayée, et qui accourait pour me voir. Elle tenait à la main un grand panier d'où sortirent soudain des aboiements. Je le saisis, éperdue, folle d'espoir. Je l'ouvris, et Bijou sauta sur le lit, m'embrassant, gambadant, se roulant sur mon oreiller, pris d'une frénésie de joie.

Eh bien, ma chérie, tu me croiras si tu veux... Je n'ai encore compris que le lendemain !

Oh ! l'imagination ! comme ça travaille ! Et penser que j'ai cru ?... Dis, n'est-ce pas trop bête ?...

Je n'ai jamais avoué à personne, tu le comprendras, n'est-ce pas, les tortures de ces quatre jours. Songe, si mon mari l'avait su ? Il se moque déjà assez de moi avec mon aventure de Pourville. Du reste, je ne me fâche pas trop de ses plaisanteries. J'y suis faite. On s'accoutume à tout dans la vie...

LE MODÈLE[1]

Arrondie en croissant de lune, la petite ville d'Étretat, avec ses falaises blanches, son galet blanc et sa mer bleue, reposait sous le soleil d'un grand jour de juillet. Aux deux pointes de ce croissant, les deux portes, la petite à droite, la grande à gauche, avançaient dans l'eau tranquille, l'une son pied de naine, l'autre sa jambe de colosse ; et l'aiguille, presque aussi haute que la falaise, large d'en bas, fine au sommet, pointait vers le ciel sa tête aiguë.

Sur la plage, le long du flot, une foule assise regardait les baigneurs. Sur la terrasse du Casino, une autre foule, assise ou marchant, étalait sous le ciel plein de lumière un jardin de toilettes où éclataient des ombrelles rouges et bleues, avec de grandes fleurs brodées en soie dessus[2].

Sur la promenade, au bout de la terrasse, d'autres gens, les calmes, les tranquilles, allaient d'un pas lent, loin de la cohue élégante.

Un jeune homme, connu, célèbre, un peintre, Jean Summer, marchait, d'un air morne, à côté d'une petite voiture de malade où reposait une jeune femme, sa femme. Un domestique poussait doucement cette sorte de fauteuil roulant, et l'estropiée contemplait d'un œil triste la joie du ciel, la joie du jour, et la joie des autres.

Ils ne parlaient point. Ils ne se regardaient pas.

— Arrêtons-nous un peu, dit la femme.

Ils s'arrêtèrent, et le peintre s'assit sur un pliant, que lui présenta le valet.

Ceux qui passaient derrière le couple immobile et muet le regardaient d'un air attristé. Toute une légende de dévouement courait. Il l'avait épousée malgré son infirmité, touché par son amour, disait-on.

Non loin de là, deux jeunes hommes causaient, assis sur un cabestan, et le regard perdu vers l'horizon.

— Non, ce n'est pas vrai ; je te dis que je connais beaucoup Jean Summer.

— Mais alors, pourquoi l'a-t-il épousée ? Car elle était déjà infirme lors de son mariage, n'est-ce pas ?

— Parfaitement. Il l'a épousée... il l'a épousée... comme on épouse, parbleu, par sottise !

— Mais encore ?...

— Mais encore... mais encore, mon ami. Il n'y a pas d'encore. On est bête, parce qu'on est bête. Et puis, tu sais bien que les peintres ont la spécialité des mariages ridicules ; ils épousent presque tous des modèles, des vieilles maîtresses, enfin des femmes avariées sous tous les rapports[3]. Pourquoi cela ? Le sait-on ? Il semblerait, au contraire, que la fréquentation constante de cette race de dindes qu'on nomme les modèles aurait dû les dégoûter à tout jamais de ce genre de femelles. Pas du tout. Après les avoir fait poser, ils les épousent. Lis donc ce petit livre, si vrai, si cruel et si beau, d'Alphonse Daudet : *les Femmes d'artistes*[4].

Pour le couple que tu vois là, l'accident s'est produit d'une façon spéciale et terrible. La petite femme a joué une comédie ou plutôt un drame effrayant. Elle a risqué le tout pour le tout, enfin. Était-elle sincère ? Aimait-elle Jean ? Sait-on jamais cela ? Qui donc pourra déterminer d'une façon précise ce qu'il y a d'âpreté et ce qu'il y a de réel dans les actes des femmes ? Elles sont toujours sincères dans une éternelle mobilité d'impressions. Elles sont emportées, criminelles, dévouées, admirables, et ignobles, pour obéir à d'insaisissables émotions. Elles mentent sans cesse, sans le vouloir, sans le savoir, sans comprendre, et elles ont, avec cela, malgré cela, une franchise absolue de sensations et de sentiments qu'elles témoignent par des résolutions violentes, inattendues, incompréhensibles, folles, qui déroutent nos raisonnements, nos habitudes de pondération et toutes nos combinaisons égoïstes. L'imprévu et la brusquerie de leurs déterminations font qu'elles demeurent pour nous d'indéchiffrables énigmes[5]. Nous nous demandons toujours : « Sont-elles sincères ? Sont-elles fausses ? »

— Mais, mon ami, elles sont en même temps sincères et fausses, parce qu'il est dans leur nature d'être les deux à l'extrême et de n'être ni l'un ni l'autre.

Regarde les moyens qu'emploient les plus honnêtes pour obtenir de nous ce qu'elles veulent. Ils sont compliqués et simples, ces moyens. Si compliqués que nous ne les devinons jamais à l'avance, si simples qu'après en avoir été les victimes, nous ne pouvons nous empêcher de nous en étonner et de nous dire :

— Comment ! elle m'a joué si bêtement que ça ?

Et elles réussissent toujours, mon bon, surtout quand il s'agit de se faire épouser.

Mais voici l'histoire de Summer.

La petite femme est un modèle, bien entendu. Elle posait chez lui. Elle était jolie, élégante surtout, et possédait, paraît-il, une taille divine. Il devient amoureux d'elle, comme on devient amoureux de toute femme un peu séduisante qu'on voit souvent. Il s'imagina qu'il l'aimait de toute son âme. C'est là un singulier phénomène. Aussitôt qu'on désire une femme, on croit sincèrement qu'on ne pourra plus se passer d'elle pendant tout le reste de sa vie. On sait fort bien que la chose vous est déjà arrivée ; que le dégoût a toujours suivi la possession ; qu'il faut, pour pouvoir user son existence à côté d'un autre être, non pas un brutal appétit physique, bien vite éteint, mais une accordance d'âme, de tempérament et d'humeur. Il faut savoir démêler, dans la séduction qu'on subit, si elle vient de la forme corporelle, d'une certaine ivresse sensuelle ou d'un charme profond de l'esprit.

Enfin, il crut qu'il l'aimait; il lui fit un tas de promesses de fidélité et il vécut complètement avec elle.

Elle était vraiment gentille, douée de cette niaiserie élégante qu'ont facilement les petites Parisiennes. Elle jacassait, elle babillait, elle disait des bêtises qui semblaient spirituelles par la manière drôle dont elles étaient débitées. Elle avait à tout moment des gestes gracieux bien faits pour séduire un œil de peintre. Quand elle levait les bras, quand elle se penchait, quand elle montait en voiture, quand elle vous tendait la main, ses mouvements étaient parfaits de justesse et d'à-propos.

Pendant trois mois, Jean ne s'aperçut point qu'au fond elle ressemblait à tous les modèles.

Ils louèrent pour l'été une petite maison à Andrésy[6].

J'étais là, un soir, quand germèrent les premières inquiétudes dans l'esprit de mon ami.

Comme il faisait une nuit radieuse, nous voulûmes faire un tour au bord de la rivière. La lune versait dans l'eau frissonnante une pluie de lumière, émiettait[7] ses reflets jaunes dans les remous, dans le courant, dans tout le large fleuve lent et fuyant.

Nous allions le long de la rive, un peu grisés par cette vague exaltation que jettent en nous ces soirs de rêve. Nous aurions voulu accomplir des choses surhumaines, aimer des êtres inconnus, délicieusement poétiques. Nous sentions frémir en nous des extases, des désirs, des aspirations étranges. Et nous nous taisions, pénétrés par la sereine et vivante fraîcheur de la nuit charmante, par cette fraîcheur de la lune qui semble traverser le corps, le pénétrer, baigner l'esprit, le parfumer et le tremper de bonheur.

Tout à coup Joséphine (elle s'appelle Joséphine) poussa un cri :

— Oh ! as-tu vu le gros poisson qui a sauté là-bas ?

Il répondit sans regarder, sans savoir :

— Oui, ma chérie.

Elle se fâcha.

— Non, tu ne l'as pas vu, puisque tu avais le dos tourné.

Il sourit :

— Oui, c'est vrai. Il fait si bon que je ne pense à rien.

Elle se tut ; mais, au bout d'une minute, un besoin de parler la saisit, et elle demanda :

— Iras-tu demain à Paris ?

Il prononça :

— Je n'en sais rien.

Elle s'irritait de nouveau :

— Si tu crois que c'est amusant, ta promenade sans rien dire ! On parle, quand on n'est pas bête.

Il ne répondit pas. Alors, sentant bien, grâce à son instinct pervers de femme, qu'elle allait l'exaspérer, elle se mit à chanter cet air irritant dont on nous a tant fatigué les oreilles et l'esprit depuis deux ans :

Je regardais en l'air[8].

Il murmura :

— Je t'en prie, tais-toi.

Elle prononça, furieuse :

— Pourquoi veux-tu que je me taise ?

Il répondit :

— Tu nous gâtes le paysage.

Alors la scène arriva, la scène odieuse, imbécile, avec les reproches inattendus, les récriminations intempestives, puis les larmes. Tout y passa. Ils rentrèrent. Il l'avait laissée aller, sans répliquer, engourdi par cette soirée divine, et atterré par cet orage de sottises.

Trois mois plus tard, il se débattait éperdument dans ces liens invincibles et invisibles, dont une habitude pareille enlace notre vie. Elle le tenait, l'opprimait, le martyrisait. Ils se querellaient du matin au soir, s'injuriaient et se battaient.

A la fin, il voulut en finir, rompre à tout prix. Il vendit toutes ses toiles, emprunta de l'argent aux amis, réalisa vingt mille francs (il était encore peu connu) et il les laissa un matin sur la cheminée avec une lettre d'adieu.

Il vint se réfugier chez moi.

Vers trois heures de l'après-midi, on sonna. J'allai ouvrir. Une femme me sauta au visage, me bouscula, entra et pénétra dans mon atelier : c'était elle.

Il s'était levé en la voyant paraître.

Elle lui jeta aux pieds l'enveloppe contenant les billets de banque, avec un geste vraiment noble, et, d'une voix brève :

— Voici votre argent. Je n'en veux pas.

Elle était fort pâle, tremblante, prête assurément à toutes les folies. Quant à lui, je le voyais pâlir aussi, pâlir de colère et d'exaspération, prêt, peut-être, à toutes les violences.

Il demanda :

— Qu'est-ce que vous voulez ?

Elle répondit :

— Je ne veux pas être traitée comme une fille. Vous m'avez implorée, vous m'avez prise. Je ne vous demandais rien. Gardez-moi !

Il frappa du pied :

— Non, c'est trop fort ! Si tu crois que tu vas...

Je lui avais saisi le bras.

— Tais-toi, Jean. Laisse-moi faire.

J'allai vers elle, et doucement, peu à peu, je lui parlai raison, je vidai le sac des arguments qu'on emploie en pareille circonstance. Elle m'écoutait, immobile, l'œil fixe, obstinée et muette.

A la fin, ne sachant plus que dire, et voyant que la scène allait mal finir, je m'avisai d'un dernier moyen. Je prononçai :

— Il t'aime toujours, ma petite ; mais sa famille veut le marier, et tu comprends !...

Elle eut un sursaut :

— Ah !... ah !... je comprends alors...

Et, se tournant vers lui :

— Tu vas... tu vas... te marier ?

Il répondit carrément :

— Oui.

Elle fit un pas :

— Si tu te maries, je me tue... tu entends.

Il prononça en haussant les épaules :

— Eh bien... tue-toi !

Elle articula deux ou trois fois, la gorge serrée par une angoisse effroyable :

— Tu dis ?... tu dis ?... tu dis ?... répète !

Il répéta :

— Eh bien, tue-toi, si cela te fait plaisir !

Elle reprit, toujours effrayante de pâleur :

— Il ne faudrait pas m'en défier. Je me jetterais par la fenêtre.

Il se mit à rire, s'avança vers la fenêtre, l'ouvrit, et, saluant comme une personne qui fait des cérémonies pour ne point passer la première :

— Voici la route. Après vous !

Elle le regarda une seconde d'un œil fixe, terrible, affolé ; puis, prenant son élan comme pour sauter une haie dans les champs, elle passa devant moi, devant lui, franchit la balustrade et disparut...

Je n'oublierai jamais l'effet que me fit cette fenêtre ouverte, après l'avoir vu traverser par ce corps qui tombait ; elle me parut en une seconde grande comme le ciel et vide comme l'espace. Et je reculai instinctivement, n'osant pas regarder, comme si j'allais tomber moi-même.

Jean, éperdu, ne faisait pas un geste.

On rapporta la pauvre fille avec les deux jambes brisées. Elle ne marchera plus jamais.

Son amant, fou de remords et peut-être aussi touché de reconnaissance, l'a reprise et épousée.

Voilà, mon cher.

Le soir venait. La jeune femme, ayant froid, voulut partir ; et le domestique se remit à rouler vers le village la petite voiture d'invalide. Le peintre marchait à côté de sa femme, sans qu'ils eussent échangé un mot, depuis une heure.

LA BARONNE[1]

Tu pourras voir là des bibelots intéressants, me dit mon ami Boisrené, viens avec moi.

Il m'emmena donc au premier étage d'une belle maison, dans une grande rue de Paris. Nous fûmes reçus par un homme fort bien, de manières parfaites, qui nous promena de pièce en pièce en nous montrant des objets rares dont il disait le prix avec négligence. Les grosses sommes, dix, vingt, trente, cinquante mille francs, sortaient de ses lèvres avec tant de grâce et de facilité qu'on ne pouvait douter que des millions ne fussent enfermés dans le coffre-fort de ce marchand homme du monde[2].

Je le connaissais de renom depuis longtemps. Fort adroit, fort souple, fort intelligent, il servait d'intermédiaire pour toutes sortes de transactions. En relations avec tous les amateurs les plus riches de Paris, et même de l'Europe et de l'Amérique, sachant leurs goûts, leurs préférences du moment, il les prévenait par un mot ou par une dépêche, s'ils habitaient une ville lointaine, dès qu'il connaissait un objet à vendre pouvant leur convenir.

Des hommes de la meilleure société avaient eu recours à lui aux heures d'embarras, soit pour trouver de l'argent de jeu, soit pour payer une dette, soit pour vendre un tableau, un bijou de famille, une tapisserie, voire même un cheval ou une propriété dans les jours de crise aiguë.

On prétendait qu'il ne refusait jamais ses services quand il prévoyait un espoir de gain.

Boisrené semblait intime avec ce curieux marchand. Ils avaient dû traiter ensemble plus d'une affaire. Moi je regardais l'homme avec beaucoup d'intérêt.

Il était grand, mince, chauve, fort élégant. Sa voix douce, insinuante, avait un charme particulier, un charme tentateur qui donnait aux choses une valeur spéciale. Quand il tenait un bibelot en ses doigts, il le tournait, le retournait, le regardait avec tant d'adresse, de souplesse, d'élégance et de sympathie que l'objet paraissait aussitôt embelli, transformé par son toucher et par son regard. Et on l'estimait immédiatement beaucoup plus cher qu'avant d'avoir passé de la vitrine entre ses mains.

— Et votre Christ, dit Boisrené, ce beau Christ de la Renaissance que vous m'avez montré l'an dernier ?

L'homme sourit et répondit :

— Il est vendu, et d'une façon fort bizarre. En voici une histoire parisienne, par exemple. Voulez-vous que je vous la dise ?

— Mais oui.

— Vous connaissez la baronne Samoris [3] ?

— Oui et non. Je l'ai vue une fois, mais je sais ce que c'est !

— Vous le savez... tout à fait ?

— Oui.

— Voulez-vous me le dire, afin que je voie si vous ne vous trompez point ?

— Très volontiers. Mme Samoris est une femme du monde qui a une fille sans qu'on ait jamais connu son mari. En tout cas, si elle n'a pas eu de mari, elle a des amants d'une façon discrète, car on la reçoit dans une certaine société tolérante ou aveugle.

Elle fréquente l'église, reçoit les sacrements avec recueillement, de façon à ce qu'on le sache, et ne se compromet jamais. Elle espère que sa fille fera un beau mariage. Est-ce cela ?

— Oui, mais je complète vos renseignements : c'est une femme entretenue qui se fait respecter de ses amants plus que si elle ne couchait pas avec eux. C'est là un rare mérite ; car, de cette façon, on obtient ce qu'on veut d'un homme. Celui qu'elle a choisi, sans qu'il s'en doute, lui fait la cour longtemps, la désire avec crainte, la sollicite avec pudeur, l'obtient avec étonnement et la possède avec considération. Il ne s'aperçoit point qu'il la paye, tant elle s'y prend avec tact ; et elle maintient leurs relations sur un tel ton de réserve, de dignité, de comme il faut, qu'en sortant de son lit il souffletterait l'homme capable de suspecter la vertu de sa maîtresse. Et cela de la meilleure foi du monde.

J'ai rendu à cette femme, à plusieurs reprises, quelques services. Et elle n'a point de secrets pour moi.

Or, dans les premiers jours de janvier, elle est venue me trouver pour m'emprunter trente mille francs. Je ne les lui ai point prêtés, bien entendu ; mais comme je désirais l'obliger, je l'ai priée de m'exposer très complètement sa situation afin de voir ce que je pourrais faire pour elle.

Elle me dit les choses avec de telles précautions de langage qu'elle ne m'aurait pas conté plus délicatement la première communion de sa fillette. Je compris enfin que les temps étaient durs et qu'elle se trouvait sans un sou.

La crise commerciale, les inquiétudes politiques que le gouvernement actuel semble entretenir à plaisir, les bruits de guerre, la gêne générale avaient rendu l'argent hésitant, même entre les mains des amoureux[4]. Et puis elle ne pouvait, cette honnête femme, se donner au premier venu.

Il lui fallait un homme du monde, du meilleur monde, qui consolidât sa réputation tout en fournissant aux besoins quotidiens. Un viveur, même très riche, l'eût compromise à tout jamais et rendu problématique le mariage de sa fille. Elle ne pouvait non plus songer aux agences galantes, aux intermédiaires déshonorants qui auraient pu, pour quelque temps, la tirer d'embarras.

Or elle devait soutenir son train de maison, continuer à recevoir à portes ouvertes pour ne point perdre l'espérance de trouver, dans le nombre des visiteurs, l'ami discret et distingué qu'elle attendait, qu'elle choisirait.

Moi je lui fis observer que mes trente mille francs avaient peu de chance de me revenir ; car, lorsqu'elle les aurait mangés, il faudrait qu'elle en obtînt, d'un seul coup, au moins soixante mille pour m'en rendre la moitié.

Elle semblait désolée en m'écoutant. Et je ne savais qu'inventer quand une idée, une idée vraiment géniale, me traversa l'esprit.

Je venais d'acheter ce Christ de la Renaissance que je vous ai montré, une admirable pièce, la plus belle, dans ce style, que j'aie jamais vue.

— Ma chère amie, lui dis-je, je vais faire porter chez vous cet ivoire-là. Vous inventerez une histoire ingénieuse, touchante, poétique, ce que vous voudrez, pour expliquer votre désir de vous en défaire. C'est, bien entendu, un souvenir de famille hérité de votre père.

Moi, je vous enverrai des amateurs, et je vous en amènerai moi-même. Le reste vous regarde. Je vous ferai connaître leur situation par un mot, la veille. Ce Christ-là vaut cinquante mille francs ; mais je le laisserais à trente mille. La différence sera pour vous.

Elle réfléchit quelques instants d'un air profond et répondit : « Oui, c'est peut-être une bonne idée. Je vous remercie beaucoup. »

Le lendemain, j'avais fait porter mon Christ chez elle, et le soir même je lui envoyais le baron de Saint-Hospital[5].

Pendant trois mois je lui adressai des clients, tout ce que j'ai de mieux, de plus posé dans mes relations d'affaires. Mais je n'entendais plus parler d'elle.

Or, ayant reçu la visite d'un étranger qui parlait fort mal le français, je me décidai à le présenter moi-même chez la Samoris, pour voir.

Un valet de pied tout en noir nous reçut et nous fit entrer dans un joli salon, sombre, meublé avec goût, où nous attendîmes quelques minutes. Elle apparut, charmante, me tendit la main, nous fit asseoir; et quand je lui eus expliqué le motif de ma visite, elle sonna.

Le valet de pied reparut.

— Voyez, dit-elle, si Mlle Isabelle peut laisser entrer dans sa chapelle.

La jeune fille apporta elle-même la réponse. Elle avait quinze ans, un air modeste et bon, toute la fraîcheur de sa jeunesse.

Elle voulait nous guider elle-même dans sa chapelle.

C'était une sorte de boudoir pieux où brûlait une lampe d'argent devant le Christ, mon Christ, couché sur un lit de velours noir. La mise en scène était charmante et fort habile.

L'enfant fit le signe de la croix, puis nous dit : « Regardez, messieurs. Est-il beau ? »

Je pris l'objet, l'examinai et je le déclarai remarquable. L'étranger aussi le considéra, mais il semblait beaucoup plus occupé par les deux femmes que par le Christ.

On sentait bon dans leur logis, on sentait l'encens, les fleurs et les parfums. On s'y trouvait bien. C'était là vraiment une demeure confortable qui invitait à rester.

Quand nous fûmes rentrés dans le salon, j'abordai, avec réserve et avec délicatesse, la question de prix. Mme Samoris demanda, en baissant les yeux, cinquante mille francs.

Puis elle ajouta : « Si vous désiriez le revoir, monsieur, je ne sors guère avant trois heures; et on me trouve tous les jours. »

Dans la rue, l'étranger me demanda des détails sur la

baronne qu'il avait trouvée exquise. Mais je n'entendis plus parler de lui ni d'elle.

Trois mois encore se passèrent.

Un matin, voici quinze jours à peine, elle arriva chez moi à l'heure du déjeuner, et posant un portefeuille entre mes mains : « Mon cher, vous êtes un ange. Voici cinquante mille francs ; c'est moi qui achète votre Christ, et je le paye vingt mille francs de plus que le prix convenu, à la condition que vous m'enverrez toujours... toujours des clients... car il est encore à vendre... mon Christ...

. . . .

UNE VENTE[1]

Les nommés Brument (Césaire-Isidore) et Cornu (Prosper-Napoléon) comparaissaient devant la cour d'assises de la Seine-Inférieure sous l'inculpation de tentative d'assassinat, par immersion, sur la femme Brument, épouse légitime du premier des prévenus.

Les deux accusés sont assis côte à côte sur le banc traditionnel. Ce sont deux paysans. Le premier est petit, gros, avec des bras courts, des jambes courtes et une tête ronde, rouge, bourgeonnante, plantée directement sur le torse, rond aussi, court aussi, sans une apparence de cou. Il est éleveur de porcs et demeure à Cacheville-la-Goupil, canton de Criquetot[2].

Cornu (Prosper-Napoléon) est maigre, de taille moyenne, avec des bras démesurés. Il a la tête de travers, la mâchoire torse et il louche. Une blouse bleue, longue comme une chemise, lui tombe aux genoux, et ses cheveux jaunes, rares et collés sur le crâne, donnent à sa figure un air usé, un air sale, un air abîmé tout à fait affreux. On l'a surnommé « le curé » parce qu'il sait imiter dans la perfection les chants d'église et même le bruit du serpent[3]. Ce talent attire en son café, car il est cabaretier à Criquetot, un grand nombre de clients qui préfèrent la « messe à Cornu » à la messe au bon Dieu.

Mme Brument, assise au banc des témoins, est une maigre paysanne qui semble toujours endormie. Elle demeure immobile, les mains croisées sur ses genoux, le regard fixe, l'air stupide.

Le président continue l'interrogatoire : — Ainsi donc, femme Brument, ils sont entrés dans votre maison et ils vous ont jetée dans un baril plein d'eau. Dites-nous les faits par le détail. Levez-vous.

Elle se lève. Elle semble haute comme un mât avec son bonnet qui la coiffe d'une calotte blanche. Elle s'explique d'une voix traînante :

— J'écossais d'z'haricots. V'là qu'ils entrent. Je m' dis « qué qu'ils ont. Ils sont pas naturels, ils sont malicieux[4] ». Ils me guettaient comme ça, de travers, surtout Cornu, vu qu'il louche. J'aime point à les voir ensemble, car c'est deux pas grand'chose en société. J' leur dis : « Qué qu' vous m' voulez ? » Ils répondent point. J'avais quasiment une méfiance...

Le prévenu Brument interrompt avec vivacité la déposition et déclare :

— J'étais bu.

Alors Cornu, se tournant vers son complice, prononce d'une voix profonde comme une note d'orgue :

— Dis qu' j'étions bus tous deux et tu n' mentiras point.

Le président, avec sévérité. — Vous voulez dire que vous étiez ivres ?

Brument. — Ça n' se demande pas.

Cornu. — Ça peut arriver à tout l' monde.

Le président, à la victime. — Continuez votre déposition, femme Brument.

— Donc, v'là Brument qui m' dit : « Veux-tu gagner cent sous ? — Oui », que j' dis, vu qu' cent sous, ça s' trouve point dans l' pas d'un cheval. Alors i m' dit : « Ouvre l'œil et fais comme mé », et le v'là qui s'en va quérir l' grand baril défoncé qu'est sous la gouttière du coin ; et pi qu'il le renverse, et pi qu'il l'apporte dans ma cuisine, et pi qu'il le plante droit au milieu, et pi qu'il me dit : « Va quérir d' l'iau jusqu'à tant qu'il sera plein. »

Donc me v'là que j' vas à la mare avec deux siaux et qu' j'apporte de l'iau, et pi encore de l'iau pendant ben une heure, vu que çu baril il était grand comme une cuve, sauf vot' respect, m'sieu l' président.

Pendant çu temps-là, Brument et Cornu ils buvaient un coup, et pi encore un coup, et pi encore un coup. Ils se complétaient de compagnie que je leur dis : « C'est vous qu'êtes pleins, pu pleins qu' çu baril. » Et v'là Brument qui m' répond : — « Ne te tracasse point, va ton train, ton tour viendra, chacun son comptant. » Mé je m'occupe point d' son propos, vu qu'il était bu.

Quand l' baril fut empli rasibus, j' dis :

V'là, c'est fait.

Et v'là Cornu qui m' donne cent sous. Pas Brument, Cornu ; c'est Cornu qui m' les a donnés. Et Brument m' dit : « Veux-tu gagner encore cent sous ? » « Oui, que j' dis, vu que j' suis pas accoutumée à des étrennes comme ça. Alors il me dit : « Débille té. »

— « Que j' me débille ? »

— « Oui, qu'il m' dit. »

— « Jusqu'où qu' tu veux que j' me débille ? »

Il me dit : — « Si ça te dérange, garde ta chemise, ça ne nous oppose point. »

Cent sous, c'est cent sous, v'là que je m' débille, mais qu' ça ne m'allait point de m' débiller d'vant ces deux propre-à-rien. J'ôte ma coiffe, et pi mon caraco[5], et pi ma jupe, et pi mes sabots. Brument m' dit : « Garde tes bas itou ; j' sommes bons enfants. »

Et Cornu qui réplique : « J' sommes bons enfants. »

Donc me v'là quasiment comme not' mère Ève. Et qu'ils se lèvent, qu'ils ne tenaient pu debout, tant ils étaient bus, sauf vot' respect, m'sieu l' président.

Je m' dis : « Qué qui manigancent ? »

Et Brument dit : — « Ça y est ? »

Cornu dit : — « Ça y est ! »

Et v'là qu'ils me prennent, Brument par la tête et Cornu par les pieds, comme on prendrait, comme qui dirait un drap de lessive. Mé, v'là que j' gueule.

Et Brument m' dit : « Tais-té, misère. »

Et qu'ils me lèvent au-dessus d' leurs bras, et qu'ils me piquent dans le baril qu'était plein d'iau, que je n'ai eu une révolution des sangs, une glaçure jusqu'aux boyaux.

Et Brument dit : « Rien que ça ? »

Cornu dit : « Rien de pu. »

Brument dit : « La tête y est point, ça compte. »

Cornu dit : « Mets-y la tête. »

Et v'là Brument qui m' pousse la tête quasiment pour me néyer, que l'iau me faufilait dans l' nez, que j' véyais déjà l' Paradis. Et v'là qu'il pousse. Et j' disparais.

Et pi qu'il aura eu eune peurance[6]. Il me tire de là et il me dit : « Va vite te sécher, carcasse. »

Mé, je m'ensauve, et j' m'en vas courant chez m' sieu l' curé qui m' prête une jupe d' sa servante, vu qu' j'étais en naturel, et i va quérir maît' Chicot l' garde champêtre qui s'en va ta Criquetot quérir les gendarmes qui vont ta la maison m'accompagnant.

V'là que j' trouvons Brument et Cornu qui s' tapaient comme deux béliers.

Brument gueulait : « Pas vrai, j' te dis qu'y en a t'au moins un mètre cube. C'est l' moyen qu'est pas bon. »

Cornu gueulait : « Quatre siaux, ça fait pas quasiment un demi-mètre cube. T'as pas ta répliquer, ça y est. »

Le brigadier leur y met la main sur le poil. J'ai pu rien[7]. »

Elle s'assit. Le public riait. Les jurés stupéfaits se regardaient. Le président prononça :

— Prévenu Cornu, vous paraissez être l'instigateur de cette infâme machination. Expliquez-vous !

Et Cornu, à son tour, se leva :

— Mon président, j' étions bus.

Le président répliqua gravement :

— Je le sais. Continuez !

— J'y vas. Donc, Brument vint à mon établissement

vers les neuf heures, et il se fit servir deux fil-en-dix [8], et il me dit : « Y en a pour toi, Cornu. » Et je m'assieds vis-à-vis, et je bois, et par politesse, j'en offre un autre. Alors, il a réitéré, et moi aussi, si bien que de fil en fil, vers midi, nous étions toisés [9].

Alors Brument se met à pleurer ; ça m'attendrit. Je lui demande ce qu'il a. Il me dit : « Il me faut mille francs pour jeudi. » Là-dessus, je deviens froid, vous comprenez. Et il me propose à brûle tout le foin [10] : « J' te vends ma femme. »

J'étais bu, et j' suis veuf. Vous comprenez, ça me remue. Je ne la connaissais point, sa femme ; mais une femme, c'est une femme, n'est-ce pas ? Je lui demande : « Combien ça que tu me la vends ? »

Il réfléchit ou bien il fait semblant. Quand on est bu, on n'est pas clair, et il me répond : « Je te la vends au mètre cube. »

Moi, ça n' m'étonne pas, vu que j'étais autant bu que lui, et que le mètre cube ça me connaît dans mon métier. Ça fait mille litres, ça m'allait.

Seulement, le prix restait à débattre. Tout dépend de la qualité. Je lui dis : « Combien ça, le mètre cube ? »

Il me répond : « Deux mille francs. »

Je fais un saut comme un lapin, et puis je réfléchis qu'une femme ça ne doit pas mesurer plus de trois cents litres. J' dis tout de même : « C'est trop cher. »

Il répond : « J' peux pas à moins. J'y perdrais. »

Vous comprenez : on n'est pas marchand de cochons pour rien. On connaît son métier. Mais s'il est ficelle, le vendeux de lard, moi je suis fil, vu que j'en vends. Ah ! ah ! ah ! Donc je lui dis : « Si elle était neuve, j' dis pas ; mais a t'a servi, pas vrai, donc c'est du r'tour. J' t'en donne quinze cents francs l' mètre cube, pas un sou de plus. Ça va-t-il ? »

Il répond : « Ça va. Tope là ! »

J' tope et nous v'là partis, bras dessus, bras dessous. Faut bien qu'on s'entr'aide dans la vie.

Mais eune peur me vint : « Comment qu' tu vas la litrer à moins d' la mettre en liquide ? »

Alors i m'explique son idée, pas sans peine, vu qu'il était bu. Il me dit : J' prends un baril, j' l'emplis d'eau *rasibus*. Je la mets d'dans. Tout ce qui sortira d'eau, je l' mesurerons, ça fait l' compte. »

Je lui dis : « C'est vu, c'est compris. Mais c't'eau qui sortira, a coulera ; comment que tu feras pour la reprendre ? »

Alors i me traite d'andouille, et il m'explique qu'il n'y aura qu'à remplir le baril du déficit une fois qu' sa femme en sera partie. Tout ce qu'on remettra d'eau, ça f'ra la mesure. Je suppose dix seaux : ça donne un mètre cube. Il n'est pas bête tout de même quand il est bu, c'te rosse-là !

Bref, nous v'là chez lui, et j' contemple la particulière. Pour une belle femme, c'est pas une belle femme. Tout le monde peut le voir, vu que la v'là. Je me dis : « J' suis r'fait, n'importe, ça compte ; belle ou laide, ça fait pas moins le même usage, pas vrai, monsieur le président ? Et pi je constate qu'elle est maigre comme une gaule. Je me dis : « Y en a pas quatre cents litres. » Je m'y connais, étant dans les liquides.

L'opération, elle vous l'a dite. J'y avons même laissé les bas et la chemise à mon détriment.

Quand ça fut fait, v'là qu'elle se sauve. Je dis : « Attention ! Brument, elle s'écape. »

Il réplique : « As pas peur, j' la rattraperons toujours. Faudra bien qu'elle revienne gîter. J'allons mesurer l' déficit. »

J' mesurons. Pas quatre seaux. Ah ! ah ! ah ! ah !

Le prévenu se met à rire avec tant de persistance qu'un gendarme est obligé de lui taper dans le dos. S'étant calmé, il reprend :

Bref, Brument déclare : « Rien de fait, c'est pas assez. » Moi je gueule, il gueule, je surgueule, il tape, je cogne. Ça dure autant que le jugement dernier, vu que j'étions bus.

V'là les gendarmes ! Ils nous sacréandent, ils nous carottent[11]. En prison. Je demande des dommages. »

Il s'assit.

Brument déclara vrais en tous points les aveux de son complice. Le jury, consterné, se retira pour délibérer.

Il revint au bout d'une heure et acquitta les prévenus avec des considérants sévères appuyés sur la majesté du mariage, et établissant la délimitation précise des transactions commerciales.

Brument s'achemina en compagnie de son épouse vers le domicile conjugal.

Cornu retourna à son commerce.

L'ASSASSIN[1]

Le coupable était défendu par un tout jeune avocat, un débutant qui parla ainsi :

« Les faits sont indéniables, messieurs les jurés. Mon client, un honnête homme, un employé irréprochable, doux et timide, a assassiné son patron dans un mouvement de colère qui paraît incompréhensible. Voulez-vous me permettre de faire la psychologie de ce crime, si je puis ainsi parler, sans rien atténuer, sans rien excuser ? Vous jugerez ensuite.

« Jean-Nicolas Lougère est fils de gens très honorables qui ont fait de lui un homme simple et respectueux.

« Là est son crime : le respect ! C'est un sentiment, messieurs, que nous ne connaissons plus guère aujourd'hui, dont le nom seul semble exister encore et dont toute la puissance a disparu. Il faut entrer dans certaines familles arriérées et modestes, pour y retrouver cette tradition sévère, cette religion de la chose ou de l'homme, du sentiment ou de la croyance revêtus d'un caractère sacré, cette foi qui ne supporte ni le doute ni le sourire, ni l'effleurement d'un soupçon.

« On ne peut pas être un honnête homme, vraiment un honnête homme, dans toute la force de ce terme, que si on est un respectueux. L'homme qui respecte a les yeux fermés. Il croit. Nous autres, dont les yeux sont grands ouverts sur le monde, qui vivons ici, dans ce palais de la justice qui est l'égout de la société, où viennent échouer toutes les infamies, nous autres qui sommes les confidents de toutes les hontes, les défenseurs dévoués de toutes les gredineries humaines, les soutiens, pour ne pas dire souteneurs, de tous les drôles et de toutes les drôlesses, depuis les princes jusqu'aux rôdeurs de barrière, nous qui accueillons avec indulgence, avec complaisance, avec une bienveillance souriante tous les coupables pour les défendre devant vous, nous qui, si nous aimons vraiment notre métier, mesurons notre sympathie d'avocat à la grandeur du forfait, nous ne pouvons plus avoir l'âme respectueuse. Nous voyons trop ce fleuve de corruption qui va des chefs du Pouvoir aux derniers des gueux, nous savons trop comment tout se passe, comment tout se donne, comment tout se vend. Places, fonctions, honneurs, brutalement en échange d'un peu d'or, adroitement en échange de titres et de parts dans les entreprises industrielles, ou plus simplement contre un baiser de femme. Notre devoir et notre profession nous forcent à ne rien ignorer, à soupçonner tout le monde, car tout le monde est suspect ; et nous demeurons surpris quand nous nous trouvons en face d'un homme qui a, comme l'assassin assis devant vous, la religion du respect assez puissante pour en devenir un martyr.

« Nous autres, messieurs, nous avons de l'honneur comme on a des soins de propreté, par dégoût de la bassesse, par un sentiment de dignité personnelle et d'orgueil ; mais nous n'en portons pas au fond du cœur la foi aveugle, innée, brutale, comme cet homme.

« Laissez-moi vous raconter sa vie.

« Il fut élevé, comme on élevait autrefois les enfants, en faisant deux parts de tous les actes humains : ce qui est bien et ce qui est mal. On lui montra le bien avec une autorité irrésistible qui le lui fit distinguer du mal, comme on distingue le jour de la nuit. Son père n'appartenait pas à la race des esprits supérieurs qui, regardant de très haut, voient les sources des croyances et reconnaissent les nécessités sociales d'où sont nées ces distinctions.

« Il grandit donc, religieux et confiant, enthousiaste et borné.

« A vingt-deux ans il se maria. On lui fit épouser une cousine, élevée comme lui, simple comme lui, pure comme lui. Il eut cette chance inestimable d'avoir pour compagne une honnête femme au cœur droit, c'est-à-dire ce qu'il y a de plus rare et de plus respectable au monde. Il avait pour sa mère la vénération qui entoure les mères dans les familles patriarcales, ce culte profond qu'on réserve aux divinités. Il reporta sur sa femme un peu de cette religion, à peine atténuée par les familiarités conjugales. Et il vécut dans une ignorance absolue de la fourberie, dans un état de droiture obstinée et de bonheur tranquille qui fit de lui un être à part. Ne trompant personne, il ne soupçonnait pas qu'on pût le tromper, lui.

« Quelque temps avant son mariage, il était entré comme caissier chez M. Langlais, assassiné par lui dernièrement.

« Nous savons, messieurs les jurés, par les témoignages de Mme Langlais, de son frère M. Perthuis, associé de son mari, de toute la famille et de tous les employés supérieurs de cette banque, que Lougère fut un employé modèle, comme probité, comme soumission, comme douceur, comme déférence envers ses chefs et comme régularité.

« On le traitait d'ailleurs avec la considération méritée par sa conduite exemplaire. Il était habitué à cet hommage et à l'espèce de vénération témoignée à Mme Lougère, dont l'éloge était sur toutes les bouches.

« Elle mourut d'une fièvre typhoïde en quelques jours.

« Il ressentit assurément une douleur profonde, mais une douleur froide et calme de cœur méthodique. On vit seulement à sa pâleur et à l'altération de ses traits jusqu'à quel point il avait été blessé.

« Alors, messieurs, il se passa une chose bien naturelle.

« Cet homme était marié depuis dix ans. Depuis dix ans il avait l'habitude de sentir une femme près de lui, toujours. Il était accoutumé à ses soins, à cette voix familière quand on rentre, à l'adieu du soir, au bonjour du matin, à ce doux bruit de robe si cher aux féminins, à cette caresse tantôt amoureuse et tantôt maternelle qui rend légère l'existence, à cette présence aimée qui fait moins lentes les heures. Il était aussi accoutumé aux gâteries matérielles de la table peut-être, à toutes les attentions qu'on ne sent pas et qui nous deviennent peu à peu indispensables. Il ne pouvait plus vivre seul. Alors, pour passer les interminables soirées, il prit l'habitude d'aller s'asseoir une heure ou deux dans une brasserie voisine. Il buvait un bock et restait là, immobile, suivant d'un œil distrait les billes du billard courant l'une après l'autre sous la fumée des pipes, écoutant sans y songer les disputes des joueurs, les discussions de ses voisins sur la politique et les éclats de rire que soulevait parfois une lourde plaisanterie à l'autre bout de la salle. Il finissait souvent par s'endormir de lassitude et d'ennui. Mais il avait au fond du cœur et au fond de la chair le besoin irrésistible d'un cœur et d'une chair de femme ; et, sans y songer, il se rapprochait un peu, chaque soir, du comptoir où trônait la caissière, une petite blonde, attiré vers elle invinciblement parce qu'elle était une femme.

« Bientôt ils causèrent, et il prit l'habitude, très douce pour lui, de passer toutes ses soirées à ses côtés. Elle était gracieuse et prévenante comme il convient dans ces commerces à sourires, et elle s'amusait à renouveler sa consommation le plus souvent possible, ce qui faisait aller les affaires. Mais chaque jour Lougère s'attachait davantage à cette femme qu'il ne connaissait pas, dont il ignorait toute l'existence et qu'il aima uniquement parce qu'il n'en voyait pas d'autre.

« La petite, qui était rusée, s'aperçut bientôt qu'elle pourrait tirer parti de ce naïf et elle chercha quelle serait la meilleure façon de l'exploiter. La plus fine assurément était de se faire épouser.

« Elle y parvint sans aucune peine.

« Ai-je besoin de vous dire, messieurs les jurés, que la conduite de cette fille était des plus irrégulières et que le mariage, loin de mettre un frein à ses écarts, sembla au contraire les rendre plus éhontés ?

« Par un jeu naturel de l'astuce féminine, elle sembla prendre plaisir à tromper cet honnête homme avec tous les employés de son bureau. Je dis : avec tous. Nous avons des lettres, messieurs. Ce fut bientôt un scandale public que le mari seul, comme toujours, ignorait.

« Enfin cette gueuse, dans un intérêt facile à concevoir, séduisit le fils même du patron, jeune homme de dix-neuf ans, sur l'esprit et sur les sens duquel elle eut bientôt une influence déplorable. M. Langlais, qui avait jusque-là fermé les yeux par bonté, par amitié pour son employé, ressentit en voyant son fils entre les mains, je devrais dire entre les bras de cette dangereuse créature, une colère bien légitime.

« Il eut le tort d'appeler immédiatement Lougère et de lui parler sous le coup de son indignation paternelle.

« Il ne me reste, messieurs, qu'à vous lire le récit du crime, fait par les lèvres mêmes du moribond, et recueilli par l'instruction.

« — Je venais d'apprendre que mon fils avait donné, la veille même, dix mille francs à cette femme, et ma colère a été plus forte que ma raison. Certes, je n'ai jamais soupçonné l'honorabilité de Lougère, mais certains aveuglements sont plus dangereux que des fautes.

« Je le fis donc appeler près de moi et je lui dis que je me voyais obligé de me priver de ses services.

« Il restait debout devant moi, effaré, ne comprenant

pas. Il finit par demander des explications avec une certaine vivacité.

« Je refusai de lui en donner, en affirmant que mes raisons étaient d'ordre tout intime. Il crut alors que je le soupçonnais d'indélicatesse, et, très pâle, m'adjura, me somma de m'expliquer. Parti sur cette idée, il était fort et prenait le droit de parler haut.

« Comme je me taisais toujours, il m'injuria, m'insulta, arrivé à un tel degré d'exaspération que je craignais des voies de fait.

« Or, soudain, sur un mot blessant qui m'atteignit en plein cœur, je lui jetai à la face la vérité.

« Il demeura debout quelques secondes, me regardant avec des yeux hagards ; puis je le vis prendre sur mon bureau les longs ciseaux dont je me sers pour émarger certains registres, puis je le vis tomber sur moi le bras levé, et je sentis entrer quelque chose dans ma gorge, au sommet de la poitrine, sans éprouver aucune douleur.

« Voici, messieurs les jurés, le simple récit de ce meurtre. Que dire de plus pour sa défense ? Il a respecté sa seconde femme avec aveuglement parce qu'il avait respecté la première avec raison. »

Après une courte délibération, le prévenu fut acquitté.

LA MARTINE[1]

Cela lui était venu, un dimanche, après la messe[2]. Il sortait de l'église et suivait le chemin creux qui le reconduisait chez lui, quand il se trouva derrière la Martine qui rentrait aussi chez elle.

Le père marchait à côté de sa fille, d'un pas important de fermier riche. Dédaignant la blouse, il portait une sorte de veston de drap gris et il était coiffé d'un chapeau melon à larges bords.

Elle, serrée dans un corset qu'elle ne laçait qu'une fois par semaine, s'en allait droite, la taille étranglée, les épaules larges, les hanches saillantes, en se dandinant un peu.

Coiffée d'un chapeau à fleurs, confectionné par une modiste d'Yvetot, elle montrait tout entière sa nuque forte, ronde, souple, où ses petits cheveux follets voltigeaient, roussis par le grand air et le soleil[3].

Lui, Benoist, ne voyait que son dos ; mais il connaissait bien le visage qu'elle avait, sans qu'il l'eût cependant jamais remarqué plus que ça.

Et tout d'un coup, il se dit : « Nom d'un nom, c'est une belle fille tout de même que la Martine. » Il la regardait aller, l'admirant brusquement, se sentant pris d'un désir. Il n'avait point besoin de revoir la figure, non. Il gardait les yeux plantés sur sa taille, se répétant à lui-même, comme s'il eût parlé : « Nom d'un nom, c'est une belle fille. »

La Martine prit à droite pour entrer à « la Martinière », la ferme de son père, Jean Martin ; et elle se retourna en jetant un regard derrière elle. Elle vit Benoist qui lui parut tout drôle. Elle cria : « Bonjour, Benoist. » Il répondit : « Bonjour, la Martine, bonjour, maît'Martin », et il passa.

Quand il rentra chez lui, la soupe était sur la table. Il s'assit en face de sa mère, à côté du valet et du goujat[4], tandis que la servante allait tirer le cidre.

Il mangea quelques cuillerées, puis repoussa son assiette. Sa mère demanda :

— C'est-i que t'es indispos ?

Il répondit : — Non, c'est comme une bouillie que j'aurais dans l'vente et qui m'ôte la faim.

Il regardait les autres manger, tout en coupant de temps à autre une bouchée de pain qu'il portait lentement à ses lèvres et mastiquait longtemps. Il pensait à la Martine : « C'est tout de même une belle fille. » Et dire qu'il ne s'en était pas aperçu jusque-là, et que ça lui venait comme ça, tout d'un coup, et si fort qu'il n'en mangeait plus.

Il ne toucha guère au ragoût. Sa mère disait :

— Allons, Benoist, efforce té un p'tieu ; c'est d' la côte de mouton, ça te fera du bien. Quand on n'a point d'appétit, faut s'efforcer.

Il avalait quelque morceau, puis repoussait encore son assiette ; — non, ça ne se passait point, décidément.

Sur la relevée, il alla faire un tour aux terres et donna congé au goujat, promettant de remuer[5] les bêtes en passant.

La campagne était vide, vu le jour de repos. De place en place, dans un champ de trèfle, des vaches écroulées lourdement, le ventre répandu, ruminaient sous le grand soleil. Des charrues dételées attendaient au coin d'un labouré ; et les terres retournées, prêtes pour la semence, développaient leurs larges carrés bruns au milieu de pièces jaunes où pourrissait le pied court des blés et des avoines fauchés depuis peu.

Un vent d'automne un peu sec passait sur la plaine, annonçant une soirée fraîche après le coucher du soleil. Benoist s'assit sur un fossé, mit son chapeau sur ses genoux, comme s'il eût eu besoin de garder la tête à l'air, et il prononça tout haut, dans le silence de la campagne : « Pour une belle fille, c'est une belle fille. »

Il y pensa encore le soir, dans son lit, et le lendemain en s'éveillant.

Il n'était pas triste, il n'était pas mécontent ; il n'eût pu dire ce qu'il avait. C'était quelque chose qui le tenait, quelque chose d'accroché dans son âme, une idée qui ne s'en allait pas et qui lui faisait au cœur une espèce de chatouillement. Parfois une grosse mouche se trouve enfermée dans une chambre. On l'entend voler en ronflant, et ce bruit vous obsède, vous irrite. Soudain elle s'arrête ; on l'oublie ; mais tout à coup elle repart, vous forçant à relever la tête. On ne peut ni la prendre, ni la chasser, ni la tuer, ni la faire rester en place. A peine posée, elle se remet à bourdonner.

Or le souvenir de la Martine s'agitait dans l'esprit de Benoist comme une mouche emprisonnée.

Puis un désir le prit de la revoir, et il passa plusieurs fois devant la Martinière. Il l'aperçut enfin étendant du linge sur une corde, entre deux pommiers.

Il faisait chaud ; elle n'avait gardé qu'une courte jupe, et sa seule chemise sur sa peau dessinait bien ses reins cambrés quand elle levait les bras pour accrocher ses serviettes.

Il resta blotti contre le fossé pendant plus d'une heure, même après qu'elle fut partie. Il s'en revint plus hanté encore qu'auparavant.

Pendant un mois, il eut l'esprit plein d'elle, il tressaillait quand on la nommait devant lui. Il ne mangeait plus, il avait chaque nuit des sueurs qui l'empêchaient de dormir.

Le dimanche, à la messe, il ne la quittait pas des yeux. Elle s'en aperçut et lui fit des sourires, flattée d'être appréciée ainsi.

Or, un soir, tout à coup, il la rencontra dans un chemin. Elle s'arrêta en le voyant venir. Alors il marcha droit sur elle, suffoqué par la peur et le saisissement, mais aussi résolu à lui parler. Il commença en bredouillant :

— Voyez-vous, la Martine, ça ne peut plus durer comme ça.

Elle répondit, comme en se moquant de lui :

— Qu'est-ce qui ne peut plus durer, Benoist ?

Il reprit : — Que je pense à vous tant qu'il y a d'heures au jour.

Elle posa ses poings sur ses hanches : — C'est pas moi qui vous force.

Il balbutia : — Oui, c'est vous ; je n'ai plus ni sommeil, ni repos, ni faim, ni rien.

Elle prononça très bas :

— Qu'est-ce qu'il faut, alors, pour vous guérir de ça ?

Il resta saisi, les bras ballants, les yeux ronds, la bouche ouverte.

Elle lui tapa un grand coup de main dans l'estomac et s'enfuit en courant.

A partir de ce jour, ils se rencontrèrent le long des fossés, dans les chemins creux, ou bien, au jour tombant, au bord d'un champ, alors qu'il rentrait avec ses chevaux et qu'elle ramenait ses vaches à l'étable.

Il se sentait porté, jeté vers elle par un grand élan de son cœur et de son corps. Il aurait voulu l'étreindre, l'étrangler, la manger, la faire entrer en lui. Et il avait des frémissements d'impuissance, d'impatience, de rage, de ce qu'elle n'était point à lui complètement, comme s'ils n'eussent fait qu'un seul être.

On en jasait dans le pays. On les disait promis l'un à l'autre. Il lui avait demandé, d'ailleurs, si elle voulait être sa femme, et elle avait répondu : « Oui. »

Ils attendaient une occasion pour en parler à leurs parents.

Or, brusquement, elle ne vint plus aux heures de rencontre. Il ne l'apercevait même point en rôdant autour de la ferme. Il ne pouvait que l'entrevoir à la messe le dimanche. Et, justement un dimanche, après le prône, le curé annonça du haut de la chaire qu'il y avait promesse de mariage entre Victoire-Adélaïde Martin et Joséphin-Isidore Vallin.

Benoist sentit quelque chose dans ses mains, comme si on en avait enlevé le sang. Ses oreilles bourdonnaient ; il n'entendait plus rien, et il s'aperçut au bout de quelque temps qu'il pleurait dans son livre de messe.

Pendant un mois il garda la chambre. Puis il se remit au travail.

Mais il n'était point guéri et il y pensait toujours. Il évitait de passer par les chemins qui contournaient sa demeure, pour ne point même apercevoir les arbres de sa cour, ce qui le forçait à un grand circuit qu'il faisait matin et soir.

Elle était mariée maintenant avec Vallin, le plus riche fermier du canton. Benoist et lui ne se parlaient plus, bien qu'ils fussent camarades depuis l'enfance.

Or, un soir, comme Benoist passait devant la mairie, il apprit qu'elle était grosse. Au lieu d'en ressentir une grande douleur, il en éprouva au contraire une espèce de soulagement. C'était fini, maintenant, bien fini. Ils étaient plus séparés par cela que par le mariage. Vraiment, il aimait mieux ça.

Des mois passèrent, encore des mois. Il l'apercevait quelquefois, s'en allant au village de sa démarche alourdie. Elle devenait rouge en le voyant, baissait la tête et hâtait le pas. Et lui se détournait de sa route pour ne la point croiser et rencontrer ses yeux.

Mais il songeait avec terreur qu'il pouvait au premier matin se trouver face à face avec elle et contraint de lui parler. Que lui dirait-il maintenant, après tout ce qu'il lui avait dit autrefois en lui tenant les mains et lui baisant les cheveux auprès des joues ? Il pensait souvent encore à leurs rendez-vous le long des fossés. C'était vilain ce qu'elle avait fait, après tant de promesses.

Peu à peu, cependant, le chagrin s'en allait de son cœur ; il n'y restait plus que de la tristesse. Et, un jour, pour la première fois, il reprit son ancien chemin contre la ferme qu'elle habitait. Il regardait de loin le toit de la maison. C'était là dedans ! là dedans qu'elle vivait avec un autre ! Les pommiers étaient en fleur, les coqs chantaient sur le fumier. Toute la demeure semblait vide, les gens étant partis aux champs pour les travaux printaniers. Il s'arrêta près de la barrière et regarda dans la cour. Le chien dormait devant sa niche, trois veaux s'en allaient d'un pas lent, l'un derrière l'autre, vers la mare. Un gros dindon faisait la roue devant la porte, en paradant devant les poules avec des manières de chanteur de scène.

Benoist s'appuya contre le pilier et il se sentit soudain repris par une grosse envie de pleurer. Mais, tout à coup, il entendit un cri, un grand cri d'appel qui sortait de la maison. Il demeura éperdu, les mains crispées sur les barres de bois, écoutant toujours. Un autre cri, prolongé, déchirant, lui entra dans les oreilles, dans l'âme et dans la chair. C'était elle qui criait comme ça ! Il s'élança, traversa la prairie, poussa la porte et il la vit, étendue par terre, crispée, la figure livide, les yeux hagards, saisie par les douleurs de l'enfantement.

Alors il resta debout, plus pâle et plus tremblant qu'elle, balbutiant :

— Me v'là, me v'là, la Martine.

Elle répondit, en haletant :

— Oh ! ne me quittez point, ne me quittez point, Benoist.

Il la regardait, ne sachant plus que dire, que faire. Elle se remit à crier : — Oh ! oh ! ça me déchire ! Oh ! Benoist ?

Et elle se tordait affreusement.

Soudain un besoin furieux envahit Benoist de la secourir, de l'apaiser, d'ôter son mal. Il se pencha, la prit, l'enleva, la porta sur son lit; et, pendant qu'elle geignait toujours, il la dévêtit, enlevant son caraco, sa robe, sa jupe. Elle se mordait les poings pour ne point crier. Alors il fit comme il avait coutume de faire aux bêtes, aux vaches, aux brebis, aux juments : il l'aida et il reçut dans ses mains un gros enfant qui geignait.

Il l'essuya, l'enveloppa d'un torchon qui séchait devant le feu et le posa sur un tas de linge à repasser demeuré sur la table; puis il revint à la mère.

Il la mit de nouveau par terre, changea le lit, la recoucha. Elle balbutiait : « Merci, Benoist, t'es un brave cœur. » Et elle pleurait un peu, comme si un regret l'eût envahie.

Lui, il ne l'aimait plus, plus du tout. C'était fini. Pourquoi? Comment? Il n'eût pas su le dire. Ce qui venait de se passer l'avait guéri mieux que n'auraient fait dix ans d'absence.

Elle demanda, épuisée et palpitante :

— Qué que c'est?

Il répondit d'une voix calme :

— C'est une fille qu'est bien avenante.

Ils se turent de nouveau. Au bout de quelques secondes, la mère, d'une voix faible, prononça :

— Montre-la-moi, Benoist.

Il alla chercher la petite et il la présentait comme s'il eût tenu le pain bénit, quand la porte s'ouvrit et Isidore Vallin parut.

Il ne comprit point d'abord; puis, soudain, il devina.

Benoist, consterné, balbutiait : — J'passais, je passais comme ça, quand j'ai entendu qu'elle criait et j' suis v'nu... v'là t' n'éfant, Vallin!

Alors le mari, les larmes aux yeux, fit un pas, prit le frêle moutard que lui tendait l'autre, l'embrassa, demeura quelques secondes suffoqué, reposa l'enfant sur le lit, et présentant à Benoist ses deux mains :

— Tope là, tope là, Benoist, maintenant, entre nous, vois-tu, tout est dit. Si tu veux, j'srons une paire d'amis, mais là, une paire d'amis !...

Et Benoist répondit : — J'veux bien, pour sûr, j'veux bien.

UNE SOIRÉE[1]

Le maréchal des logis Varajou avait obtenu huit jours de permission pour les passer chez sa sœur, Mme Padoie. Varajou, qui tenait garnison à Rennes et y menait joyeuse vie, se trouvant à sec et mal avec sa famille, avait écrit à sa sœur qu'il pourrait lui consacrer une semaine de liberté. Ce n'est point qu'il aimât beaucoup Mme Padoie, une petite femme moralisante, dévote, et toujours irritée; mais il avait besoin d'argent, grand besoin, et il se rappelait que, de tous ses parents, les Padoie étaient les seuls qu'il n'eût jamais rançonnés.

Le père Varajou, ancien horticulteur à Angers, retiré maintenant des affaires, avait fermé sa bourse à son garnement de fils et ne le voyait guère depuis deux ans. Sa fille avait épousé Padoie, ancien employé des finances, qui venait d'être nommé receveur des contributions à Vannes.

Donc Varajou, en descendant du chemin de fer, se fit conduire à la maison de son beau-frère. Il le trouva dans son bureau, en train de discuter avec des paysans bretons des environs. Padoie se souleva sur sa chaise, tendit la main par-dessus sa table chargée de papiers, murmura : « Prenez un siège, je suis à vous dans un instant », se rassit et recommença sa discussion.

Les paysans ne comprenaient point ses explications, le receveur ne comprenait pas leurs raisonnements ; il parlait français, les autres parlaient breton, et le commis qui servait d'interprète ne semblait comprendre personne.

Ce fut long, très long. Varajou considérait son beau-frère en songeant : « Quel crétin ! » Padoie devait avoir près de cinquante ans ; il était grand, maigre, osseux, lent, velu, avec des sourcils en arcade qui faisaient sur ses yeux deux voûtes de poils. Coiffé d'un bonnet de velours orné d'un feston d'or, il regardait avec mollesse, comme il faisait tout. Sa parole, son geste, sa pensée, tout était mou. Varajou se répétait : « Quel crétin ! »

Il était, lui, un de ces braillards tapageurs pour qui la vie n'a pas de plus grands plaisirs que le café et la fille publique. En dehors de ces deux pôles de l'existence, il ne comprenait rien. Hâbleur, bruyant, plein de dédain pour tout le monde, il méprisait l'univers entier du haut de son ignorance. Quand il avait dit : « Nom d'un chien, quelle fête ! » il avait certes exprimé le plus haut degré d'admiration dont fût capable son esprit.

Padoie, ayant enfin éloigné ses paysans, demanda :

— Vous allez bien ?

— Pas mal, comme vous voyez. Et vous ?

— Assez bien, merci. C'est très aimable d'avoir pensé à nous venir voir.

— Oh ! j'y songeais depuis longtemps ; mais vous savez, dans le métier militaire, on n'a pas grande liberté.

— Oh ! je sais, je sais ; n'importe, c'est très aimable.

— Et Joséphine va bien ?

— Oui, oui, merci, vous la verrez tout à l'heure.

— Où est-elle donc ?

— Elle fait quelques visites ; nous avons beaucoup de relations ici ; c'est une ville très comme il faut.

— Je m'en doute.

Mais la porte s'ouvrit. Mme Padoie apparut. Elle alla vers son frère sans empressement, lui tendit la joue et demanda :

— Il y a longtemps que tu es ici ?

— Non, à peine une demi-heure.

— Ah ! je croyais que le train aurait du retard. Si tu veux venir dans le salon.

Ils passèrent dans la pièce voisine, laissant Padoie à ses chiffres et à ses contribuables.

Dès qu'ils furent seuls :

— J'en ai appris de belles sur ton compte, dit-elle.

— Quoi donc ?

— Il paraît que tu te conduis comme un polisson, que tu te grises, que tu fais des dettes.

Il eut l'air très étonné.

— Moi ! Jamais de la vie.

— Oh ! ne nie pas, je le sais.

Il essaya encore de se défendre, mais elle lui ferma la bouche par une semonce si violente qu'il dut se taire.

Puis elle reprit :

— Nous dînons à six heures, tu es libre jusqu'au dîner. Je ne puis te tenir compagnie parce que j'ai pas mal de choses à faire.

Resté seul, il hésita entre dormir ou se promener. Il regardait tour à tour la porte conduisant à sa chambre et celle conduisant à la rue. Il se décida pour la rue.

Donc il sortit et se mit à rôder, d'un pas lent, le sabre sur les mollets, par la triste ville bretonne, si endormie, si calme, si morte au bord de sa mer intérieure, qu'on appelle « le Morbihan »[2]. Il regardait les petites maisons grises, les rares passants, les boutiques vides, et il murmurait : « Pas gai, pas folichon, Vannes. Triste idée de venir ici ! »

Il gagna le port, si morne, revint par un boulevard solitaire et désolé, et rentra avant cinq heures. Alors il se jeta sur son lit pour sommeiller jusqu'au dîner.

La bonne le réveilla en frappant à sa porte.

— C'est servi, monsieur.

Il descendit.

Dans la salle humide, dont le papier se décollait près du sol, une soupière attendait sur une table ronde sans nappe, qui portait aussi trois assiettes mélancoliques.

M. et Mme Padoie entrèrent en même temps que Varajou.

On s'assit, puis la femme et le mari dessinèrent un petit signe de croix sur le creux de leur estomac, après quoi Padoie servit la soupe, de la soupe grasse. C'était jour de pot-au-feu.

Après la soupe vint le bœuf, du bœuf trop cuit, fondu, graisseux, qui tombait en bouillie. Le sous-officier le mâchait avec lenteur, avec dégoût, avec fatigue, avec rage.

Mme Padoie disait à son mari :

— Tu vas ce soir chez M. le premier président ?

— Oui, ma chère.

— Ne reste pas tard. Tu te fatigues toutes les fois que tu sors. Tu n'es pas fait pour le monde avec ta mauvaise santé.

Alors elle parla de la société de Vannes, de l'excellente société où les Padoie étaient reçus avec considération, grâce à leurs sentiments religieux.

Puis on servit des pommes de terre en purée, avec un plat de charcuterie, en l'honneur du nouveau venu.

Puis du fromage. C'était fini. Pas de café.

Quand Varajou comprit qu'il devrait passer la soirée en tête à tête avec sa sœur, subir ses reproches, écouter ses sermons, sans avoir même un petit verre à laisser couler dans sa gorge pour faire glisser les remontrances, il sentit bien qu'il ne pourrait pas supporter ce supplice, et il déclara qu'il devait aller à la gendarmerie pour faire régulariser quelque chose sur sa permission.

Et il se sauva, dès sept heures.

A peine dans la rue, il commença par se secouer comme un chien qui sort de l'eau. Il murmurait : « Nom d'un nom, d'un nom, d'un nom, quelle corvée ! »

Et il se mit à la recherche d'un café, du meilleur café de la ville. Il le trouva sur une place, derrière deux becs de gaz. Dans l'intérieur, cinq ou six hommes, des demi-messieurs[3] peu bruyants, buvaient et causaient doucement, accoudés sur de petites tables, tandis que deux joueurs de billard marchaient autour du tapis vert où roulaient les billes en se heurtant.

On entendait leur voix compter : « Dix-huit, — dix-neuf. — Pas de chance. — Oh ! joli coup ! bien joué ! — Onze. — Il fallait prendre par la rouge. — Vingt. — Bille en tête, bille en tête. — Douze. Hein ! j'avais raison ? »

Varajou commanda : « Une demi-tasse et un carafon de fine, de la meilleure. »

Puis il s'assit, attendant sa consommation.

Il était accoutumé à passer ses soirs de liberté avec ses camarades, dans le tapage et la fumée des pipes. Ce silence, ce calme l'exaspéraient. Il se mit à boire, du café d'abord ; puis son carafon d'eau-de-vie, puis un second qu'il demanda. Il avait envie de rire maintenant, de crier, de chanter, de battre quelqu'un.

Il se dit : « Cristi, me voilà remonté. Il faut que je fasse la fête. » Et l'idée lui vint aussitôt de trouver des filles pour s'amuser.

Il appela le garçon.

— Hé, l'employé !

— Voilà, m'sieu.

— Dites, l'employé, ousqu'on rigole ici !

L'homme resta stupide à cette question.

— Je n'sais pas, m'sieur. Mais ici !

— Comment ici ? Qu'est-ce que tu appelles rigoler, alors, toi !

— Mais je n'sais pas, m'sieu, boire de la bonne bière ou du bon vin.

— Va donc, moule, et les demoiselles, qu'est-ce que t'en fais ?

— Les demoiselles ! ah ! ah !

— Oui, les demoiselles, ousqu'on en trouve ici ?

— Des demoiselles ?

— Mais oui, des demoiselles !

Le garçon se rapprocha, baissa la voix :

— Vous demandez ousqu'est la maison ?

— Mais oui, parbleu !

— Vous prenez la deuxième rue à gauche et puis la première à droite. — C'est au 15.

— Merci, ma vieille. V'là pour toi.

— Merci, m'sieur.

Et Varajou sortit en répétant : « Deuxième à gauche, première à droite. 15. » Mais au bout de quelques secondes, il pensa : « Deuxième à gauche, — oui. — Mais en sortant du café, fallait-il prendre à droite ou à gauche ? Bah ! tant pis, nous verrons bien. »

Et il marcha, tourna dans la seconde rue à gauche, puis dans la première à droite, et chercha le numéro 15. C'était une maison d'assez belle apparence, dont on voyait, derrière les volets clos, les fenêtres éclairées au premier étage. La porte d'entrée demeurait entr'ouverte, et une lampe brûlait dans le vestibule. Le sous-officier pensa :

— C'est bien ici.

Il entra donc et, comme personne ne venait, il appela :

— Ohé ! ohé !

Une petite bonne apparut et demeura stupéfaite en apercevant un soldat. Il lui dit : « Bonjour, mon enfant. Ces dames sont en haut ?

— Oui, monsieur.

— Au salon ?

— Oui, monsieur.

— Je n'ai qu'à monter ?

— Oui, monsieur.

— La porte en face ?

— Oui, monsieur.

Il monta, ouvrit une porte et aperçut, dans une pièce bien éclairée par deux lampes, un lustre et deux candélabres à bougies, quatre dames décolletées qui semblaient attendre quelqu'un.

Trois d'entre elles, les plus jeunes, demeuraient

assises d'un air un peu guindé, sur des sièges de velours grenat, tandis que la quatrième, âgée de quarante-cinq ans environ, arrangeait des fleurs dans un vase ; elle était très grosse, vêtue d'une robe de soie verte qui laissait passer, pareille à l'enveloppe d'une fleur monstrueuse, ses bras énormes et son énorme gorge, d'un rose rouge poudrederizé [4].

Le sous-officier salua :

— Bonjour, mesdames.

La vieille se retourna, parut surprise, mais s'inclina :

— Bonjour, monsieur.

Il s'assit.

Mais, voyant qu'on ne semblait pas l'accueillir avec empressement, il songea que les officiers seuls étaient sans doute admis dans ce lieu ; et cette pensée le troubla. Puis il se dit : « Bah ! s'il en vient un, nous verrons bien. » Et il demanda :

— Alors, ça va bien ?

La dame, la grosse, la maîtresse du logis sans doute, répondit :

— Très bien ! merci.

Puis il ne trouva plus rien, et tout le monde se tut.

Cependant il eut honte, à la fin, de sa timidité, et riant d'un rire gêné :

— Eh bien, on ne rigole donc pas. Je paye une bouteille de vin...

Il n'avait point fini sa phrase que la porte s'ouvrit de nouveau, et Padoie, en habit noir, apparut.

Alors Varajou poussa un hurlement d'allégresse, et, se dressant, il sauta sur son beau-frère, le saisit dans ses bras et le fit danser tout autour du salon en hurlant : « V'là Padoie... V'là Padoie... V'là Padoie... »

Puis, lâchant le percepteur éperdu de surprise, il lui cria dans la figure :

— Ah ! ah ! ah ! farceur ! farceur... Tu fais donc la fête, toi... Ah ! farceur... Et ma sœur !... Tu la lâches, dis !...

Et songeant à tous les bénéfices de cette situation

inespérée, à l'emprunt forcé, au chantage inévitable, il se jeta tout au long sur le canapé et se mit à rire si fort que tout le meuble en craquait.

Les trois jeunes dames, se levant d'un seul mouvement, se sauvèrent, tandis que la vieille reculait vers la porte, paraissait prête à défaillir.

Et deux messieurs apparurent, décorés, tous deux en habit. Padoie se précipita vers eux :

— Oh ! monsieur le président... il est fou... il est fou... On nous l'avait envoyé en convalescence... vous voyez bien qu'il est fou...

Varajou s'était assis, ne comprenant plus, devinant tout à coup qu'il avait fait quelque monstrueuse sottise. Puis il se leva, et se tournant vers son beau-frère :

— Où donc sommes-nous ici ? demanda-t-il.

Mais Padoie, saisi soudain d'une colère folle, balbutia :

— Où... où... où nous sommes... Malheureux... misérable... infâme... Où nous sommes... Chez monsieur le premier président !... chez monsieur le premier président de Mortemain... de Mortemain... de... de... de... de Mortemain... Ah !... ah !... canaille !... canaille !... canaille !... canaille !...

LA CONFESSION[1]

Quand le capitaine Hector-Marie de Fontenne épousa Mlle Laurine d'Estelle, les parents et amis jugèrent que cela ferait un mauvais ménage.

Mlle Laurine[2], jolie, mince, frêle, blonde et hardie avait, à douze ans, l'assurance d'une femme de trente. C'était une de ces petites Parisiennes précoces qui semblent nées avec toute la science de la vie, avec toutes les ruses de la femme, avec toutes les audaces de pensée, avec cette profonde astuce et cette souplesse d'esprit qui font que certains êtres paraissent fatalement destinés, quoi qu'ils fassent, à jouer et à tromper les autres. Toutes leurs actions semblent préméditées, toutes leurs démarches calculées, toutes leurs paroles soigneusement pesées, leur existence n'est qu'un rôle qu'ils jouent vis-à-vis de leurs semblables.

Elle était charmante aussi ; très rieuse, rieuse à ne savoir se retenir ni se calmer quand une chose lui semblait amusante et drôle. Elle riait au nez des gens de la façon la plus impudente, mais avec tant de grâce qu'on ne se fâchait jamais.

Elle était riche, fort riche. Un prêtre servit d'intermédiaire pour lui faire épouser le capitaine de Fontenne. Élevé dans une maison religieuse, de la façon la plus austère, cet officier avait apporté au régiment des mœurs de cloître, des principes très raides et une intolérance complète. C'était un de ces hommes qui deviennent infailliblement des saints ou des nihilistes, chez qui les idées s'installent en maîtresses absolues ; dont les croyances sont inflexibles et les résolutions inébranlables.

C'était un grand garçon brun, sérieux, sévère, naïf, d'esprit simple, court et obstiné, un de ces hommes qui passent dans la vie sans jamais en comprendre les dessous, les nuances et les subtilités, qui ne devinent rien, ne soupçonnent rien, et n'admettent pas qu'on pense, qu'on juge, qu'on croie et qu'on agisse autrement qu'eux.

Mlle Laurine le vit, le pénétra tout de suite et l'accepta pour mari.

Ils firent un excellent ménage. Elle fut souple, adroite et sage, sachant se montrer telle qu'elle devait être, toujours prête aux bonnes œuvres et aux fêtes, assidue à l'église et au théâtre, mondaine et rigide, avec un petit air d'ironie, avec une lueur dans l'œil en causant gravement avec son grave époux. Elle lui racontait ses entreprises charitables avec tous les abbés de la paroisse et des environs, et elle profitait de ces pieuses occupations pour demeurer dehors du matin au soir.

Mais quelquefois, au milieu du récit de quelque acte de bienfaisance, un fou rire la saisissait tout d'un coup, un rire nerveux impossible à contenir. Le capitaine demeurait surpris, inquiet, un peu choqué en face de sa femme qui suffoquait. Quand elle s'était un peu calmée, il demandait : « Qu'est-ce que vous avez donc, Laurine ? » Elle répondait : « Ce n'est rien ! Le souvenir d'une drôle de chose qui m'est arrivée. » Et elle racontait une histoire quelconque.

Or, pendant l'été de 1883, le capitaine Hector de Fontenne prit part aux grandes manœuvres du 32e corps d'armée.

Un soir, comme on campait aux abords d'une ville, après dix jours de tente et de rase campagne, dix jours de fatigue et de privations, les camarades du capitaine résolurent de faire un bon dîner.

M. de Fontenne refusa d'abord de les accompagner ; puis, comme son refus les surprenait, il consentit.

Son voisin de table, le commandant de Favré, tout en causant des opérations militaires, seule chose qui passionnât le capitaine, lui versait à boire coup sur coup. Il avait fait très chaud dans le jour, une chaleur lourde, desséchante, altérante ; et le capitaine buvait sans y songer, sans s'apercevoir que, peu à peu, une gaieté nouvelle entrait en lui, une certaine joie vive, brûlante, un bonheur d'être, plein de désirs éveillés, d'appétits inconnus, d'attentes indécises.

Au dessert il était gris. Il parlait, riait, s'agitait, saisi par une ivresse bruyante, une ivresse folle d'homme ordinairement sage et tranquille.

On proposa d'aller finir la soirée au théâtre ; il accompagna ses camarades. Un d'eux reconnut une actrice qu'il avait aimée ; et un souper fut organisé où assista une partie du personnel féminin de la troupe.

Le capitaine se réveilla le lendemain dans une chambre inconnue et dans les bras d'une petite femme blonde qui lui dit, en le voyant ouvrir les yeux : « Bonjour, mon gros chat[3] ! »

Il ne comprit pas d'abord ; puis, peu à peu, ses souvenirs lui revinrent, un peu troublés cependant.

Alors il se leva sans dire un mot, s'habilla et vida sa bourse sur la cheminée.

Une honte le saisit quand il se vit debout, en tenue, sabre au côté, dans ce logis meublé, aux rideaux fripés, dont le canapé, marbré de taches, avait une allure suspecte, et il n'osait pas s'en aller, descendre l'escalier où il rencontrerait des gens, passer devant le concierge, et, surtout sortir dans la rue sous les yeux des passants et des voisins.

La femme répétait sans cesse : « Qu'est-ce qui te prend ? As-tu perdu ta langue ? Tu l'avais pourtant bien pendue hier soir ! En voilà un mufle ! »

Il la salua avec cérémonie, et, se décidant à la fuite, regagna son domicile à grands pas, persuadé qu'on devinait à ses manières, à sa tenue, à son visage, qu'il sortait de chez une fille.

Et le remords le tenailla, un remords harassant d'homme rigide et scrupuleux.

Il se confessa, communia ; mais il demeurait mal à l'aise, poursuivi par le souvenir de sa chute et par le sentiment d'une dette, d'une dette sacrée contractée envers sa femme.

Il ne la revit qu'au bout d'un mois, car elle avait été passer chez ses parents le temps des grandes manœuvres.

Elle vint à lui les bras ouverts, le sourire aux lèvres. Il la reçut avec une attitude embarrassée de coupable ; et jusqu'au soir, il s'abstint presque de lui parler.

Dès qu'ils se trouvèrent seuls, elle lui demanda :

— Qu'est-ce que vous avez donc, mon ami, je vous trouve très changé.

Il répondit, d'un ton gêné :

— Mais je n'ai rien, ma chère, absolument rien.

— Pardon, je vous connais bien, et je suis sûre que vous avez quelque chose, un souci, un chagrin, un ennui, que sais-je ?

— Eh bien, oui, j'ai un souci.

— Ah ! Et lequel ?

— Il m'est impossible de vous le dire.

— A moi ? Pourquoi ça ? Vous m'inquiétez.

— Je n'ai pas de raisons à vous donner. Il m'est impossible de vous le dire.

Elle s'était assise sur une causeuse, et il marchait, lui, de long en large, les mains derrière le dos, en évitant le regard de sa femme. Elle reprit :

— Voyons, il faut alors que je vous confesse, c'est mon devoir, et que j'exige de vous la vérité ; c'est mon droit. Vous ne pouvez pas plus avoir de secret pour moi que je ne puis en avoir pour vous.

Il prononça, tout en lui tournant le dos, encadré dans la haute fenêtre : — Ma chère, il est des choses qu'il vaut mieux ne pas dire. Celle qui me tracasse est de ce nombre.

Elle se leva, traversa la chambre, le prit par le bras et, l'ayant forcé à se retourner, lui posa les deux mains sur les épaules, puis souriante, câline, les yeux levés :

— Voyons, Marie (elle l'appelait Marie aux heures de tendresse), vous ne pouvez me rien cacher. Je croirais que vous avez fait quelque chose de mal.

Il murmura : — J'ai fait quelque chose de très mal.

Elle dit avec gaieté :

— Oh ! si mal que cela ? Ça m'étonne beaucoup de vous !

Il répondit vivement : — Je ne vous dirai rien de plus. C'est inutile d'insister.

Mais elle l'attira jusqu'au fauteuil, le força à s'asseoir dedans, s'assit elle-même sur sa jambe droite, et baisant d'un petit baiser léger, d'un baiser rapide, ailé, le bout frisé de sa moustache :

— Si vous ne me dites rien, nous serons fâchés pour toujours.

Il murmura, déchiré par le remords et torturé d'angoisse : — Si je vous disais ce que j'ai fait, vous ne me le pardonneriez jamais.

— Au contraire, mon ami, je vous pardonnerai tout de suite.

— Non, c'est impossible.

— Je vous le promets.

— Je vous dis que c'est impossible.

— Je jure de vous pardonner.

— Non, ma chère Laurine, vous ne le pourriez pas.

— Que vous êtes naïf, mon ami, pour ne pas dire niais ! En refusant de me dire ce que vous avez fait, vous me laisserez croire des choses abominables ; et j'y penserai toujours, et je vous en voudrai autant de votre silence que de votre forfait inconnu. Tandis que si vous parlez bien franchement, j'aurai oublié dès demain.

— C'est que...

— Quoi ?

Il rougit jusqu'aux oreilles, et d'une voix sérieuse :

— Je me confesse à vous comme je me confesserais à un prêtre, Laurine.

Elle eut sur les lèvres ce rapide sourire qu'elle prenait parfois en l'écoutant, et d'un ton un peu moqueur :

— Je suis tout oreilles.

Il reprit :

— Vous savez, ma chère, comme je suis sobre. Je ne bois que de l'eau rougie, et jamais de liqueurs, vous le savez.

— Oui, je le sais.

— Eh bien, figurez-vous que, vers la fin des grandes manœuvres, je me suis laissé aller à boire un peu, un soir, étant très altéré, très fatigué, très las et...

— Vous vous êtes grisé ? Fi, que c'est laid !

— Oui, je me suis grisé.

Elle avait pris un air sévère :

— Mais là, tout à fait grisé, avouez-le, grisé à ne plus marcher, dites ?

— Oh ! non, pas tant que ça. J'avais perdu la raison, mais non l'équilibre. Je parlais, je riais, j'étais fou.

Comme il se taisait, elle demanda :

— C'est tout ?

— Non.

— Ah ! et... après ?

— Après... j'ai... j'ai commis une infamie.

Elle le regardait, inquiète, un peu troublée, émue aussi.

— Quoi donc, mon ami ?

— Nous avons soupé avec... avec des actrices... et je ne sais comment cela s'est fait, je vous ai trompée, Laurine !

Il avait prononcé cela d'un ton grave, solennel.

Elle eut une petite secousse, et son œil s'éclaira d'une gaieté brusque, d'une gaieté profonde, irrésistible.

Elle dit : « Vous... vous... vous m'avez... »

Et un petit rire sec, nerveux, cassé, lui glissa entre les dents par trois fois, qui lui coupait la parole.

Elle essayait de reprendre son sérieux ; mais chaque fois qu'elle allait prononcer un mot, le rire frémissait au fond de sa gorge, jaillissait, vite arrêté, repartant toujours, repartant comme le gaz d'une bouteille de champagne débouchée dont on ne peut retenir la mousse. Elle mettait la main sur ses lèvres pour se calmer, pour enfoncer dans sa bouche cette crise malheureuse de gaieté ; mais le rire lui coulait entre les doigts, lui secouait la poitrine, s'élançait malgré elle. Elle bégayait : « Vous... vous... m'avez trompée... — Ah !... ah ! ah ! ah !... ah ! ah ! ah ! »

Et elle le regardait d'un air singulier, si railleur, malgré elle, qu'il demeurait interdit, stupéfait.

Et tout d'un coup, n'y tenant plus, elle éclata... Alors elle se mit à rire, d'un rire qui ressemblait à une attaque de nerfs. De petits cris saccadés lui sortaient de la bouche, venus, semblait-il, du fond de la poitrine ; et, les deux mains appuyées sur le creux de son estomac, elle avait de longues quintes jusqu'à étouffer, comme les quintes de toux dans la coqueluche.

Et chaque effort qu'elle faisait pour se calmer amenait un nouvel accès, chaque parole qu'elle voulait dire la faisait se tordre plus fort.

« Mon... mon... mon... pauvre ami... ah ! ah ! ah !... ah ! ah ! ah ! »

Il se leva, la laissant seule sur le fauteuil, et devenant soudain très pâle, il dit :

— Laurine, vous êtes plus qu'inconvenante.

Elle balbutia, dans un délire de gaieté :

— Que... que voulez-vous... je... je... je ne peux pas... que... que vous êtes drôle... ah ! ah ! ah ! ah !...

Il devenait livide et la regardait maintenant d'un œil fixe où une pensée étrange s'éveillait. Tout d'un coup, il ouvrit la bouche comme pour crier quelque chose, mais ne dit rien, tourna sur ses talons, et sortit en tirant la porte.

Laurine, pliée en deux, épuisée, défaillante, riait encore d'un rire mourant, qui se ranimait par moments comme la flamme d'un incendie presque éteint.

DIVORCE[1]

Maître Bontran, le célèbre avocat parisien, celui qui depuis dix ans plaide et obtient toutes les séparations entre époux mal assortis, ouvrit la porte de son cabinet et s'effaça pour laisser passer le nouveau client.

C'était un gros homme rouge, à favoris blonds et drus, un homme ventru, sanguin et vigoureux. Il salua :

— Prenez un siège, dit l'avocat.

Le client s'assit et, après avoir toussé :

— Je viens vous demander, monsieur, de plaider pour moi dans une affaire de divorce.

— Parlez, monsieur, je vous écoute.

— Monsieur, je suis un ancien notaire.

— Déjà !

— Oui, déjà. J'ai trente-sept ans.

— Continuez.

— Monsieur, j'ai fait un mariage malheureux, très malheureux.

— Vous n'êtes pas le seul.

— Je le sais et je plains les autres : mais mon cas est tout à fait spécial et mes griefs contre ma femme d'une nature très particulière. Mais je commence par le commencement. Je me suis marié d'une façon très bizarre. Croyez-vous aux idées dangereuses ?

— Qu'entendez-vous par là ?

— Croyez-vous que certaines idées soient aussi dangereuses pour certains esprits que le poison pour le corps ?

— Mais, oui, peut-être.

— Certainement. Il y a des idées qui entrent en nous, nous rongent, nous tuent, nous rendent fou, quand nous ne savons pas leur résister. C'est une sorte de phylloxera des âmes. Si nous avons le malheur de laisser une de ces pensées-là se glisser en nous, si nous ne nous apercevons pas dès le début qu'elle est une envahisseuse, une maîtresse, un tyran, qu'elle s'étend heure par heure, jour par jour, qu'elle revient sans cesse, s'installe, chasse toutes nos préoccupations ordinaires, absorbe toute notre attention et change l'optique de notre jugement, nous sommes perdus.

Voici donc ce qui m'est arrivé, monsieur. Comme je vous l'ai dit, j'étais notaire à Rouen, et un peu gêné, non pas pauvre, mais pauvret, mais soucieux, forcé à une économie de tous les instants, obligé de limiter tous mes goûts, oui, tous ! et c'est dur à mon âge.

Comme notaire, je lisais avec grand soin les annonces des quatrièmes pages des journaux, les offres et demandes, les petites correspondances, etc., etc. ; et il m'était arrivé plusieurs fois, par ce moyen, de faire faire à quelques clients des mariages avantageux.

Un jour, je tombe sur ceci :

« Demoiselle jolie, bien élevée, comme il faut, épouserait homme honorable et lui apporterait deux millions cinq cent mille francs bien nets. Rien des agences. »

Or, justement, ce jour-là, je dînais avec deux amis, un avoué et un filateur. Je ne sais comment la conversation vint à tomber sur les mariages, et je leur parlai, en riant, de la demoiselle aux deux millions cinq cent mille francs.

Le filateur dit : « Qu'est-ce que c'est que ces femmes-là ? »

L'avoué plusieurs fois avait vu des mariages excellents conclus dans ces conditions, et il donna des détails ; puis il ajouta, en se tournant vers moi :

— Pourquoi diable ne vois-tu pas ça pour toi-même ? Cristi, ça t'en enlèverait, des soucis, deux millions cinq cent mille francs.

Nous nous mîmes à rire tous les trois, et on parla d'autre chose.

Une heure plus tard je rentre chez moi.

Il faisait froid cette nuit-là. J'habitais d'ailleurs une vieille maison, une de ces vieilles maisons de province qui ressemblent à des champignonnières. En posant la main sur la rampe de fer de l'escalier, un frisson glacé m'entra dans le bras, et comme j'étendais l'autre pour trouver le mur, je sentis, en le rencontrant, un second frisson m'envahir, plus humide, celui-là, et ils se joignirent dans ma poitrine, m'emplirent d'angoisse, de tristesse et d'énervement. Et je murmurai, saisi par un brusque souvenir :

— Sacristi, si je les avais, les deux millions cinq cent mille !

Ma chambre était lugubre, une chambre de garçon rouennais faite par une bonne chargée aussi de la cuisine. Vous la voyez d'ici, cette chambre ! un grand lit sans rideaux, une armoire, une commode, une toilette, pas de feu. Des habits sur les chaises, des papiers par terre. Je me mis à chantonner, sur un air de café-concert, car je fréquente quelquefois ces endroits-là :

Deux millions,
Deux millions
Sont bons
Avec cinq cent mille
Et femme gentille.

Au fait, je n'avais pas encore pensé à la femme et j'y songeai tout à coup en me glissant dans mon lit. J'y songeai même si bien que je fus longtemps à m'endormir.

Le lendemain, en ouvrant les yeux, avant le jour, je me rappelai que je devais me trouver à huit heures à Darnétal pour une affaire importante. Il fallait donc me lever à six heures — et il gelait. — Cristi de cristi, les deux millions cinq cent mille !

Je revins à mon étude vers dix heures. Il y avait là dedans une odeur de poêle rougi, de vieux papiers, l'odeur des papiers de procédure avancés — rien ne pue comme ça — et une odeur de clercs — bottes, redingotes, chemises, cheveux et peau, peau d'hiver peu lavée, le tout chauffé à dix-huit degrés.

Je déjeunai, comme tous les jours, d'une côtelette brûlée et d'un morceau de fromage. Puis je me remis au travail.

C'est alors que je pensai très sérieusement pour la première fois à la demoiselle aux deux millions cinq cent mille. Qui était-ce ? Pourquoi ne pas écrire ? Pourquoi ne pas savoir ?

Enfin, monsieur, j'abrège. Pendant quinze jours cette idée me hanta, m'obséda, me tortura. Tous mes ennuis, toutes les petites misères dont je souffrais sans cesse, sans les noter jusque-là, presque sans m'en apercevoir, me piquaient à présent comme des coups d'aiguille, et chacune de ces petites souffrances me faisait songer aussitôt à la demoiselle aux deux millions cinq cent mille.

Je finis par imaginer toute son histoire. Quand on désire une chose, monsieur, on se la figure telle qu'on l'espère.

Certes, il n'était pas très naturel qu'une jeune fille de bonne famille, dotée d'une façon aussi convenable, cherchât un mari par la voie des journaux. Cependant, il se pouvait faire que cette fille fût honorable et malheureuse.

D'abord, cette fortune de deux millions cinq cent mille francs ne m'avait pas ébloui comme une chose féerique. Nous sommes habitués, nous autres qui lisons toutes les offres de cette nature, à des propositions de mariage accompagnées de six, huit, dix ou même douze millions. Le chiffre de douze millions est même assez commun. Il plaît. Je sais bien que nous ne croyons guère à la réalité de ces promesses. Elles nous font cependant entrer dans l'esprit ces nombres fantastiques, rendent vraisemblables, jusqu'à un certain point, pour notre crédulité inattentive, les sommes prodigieuses qu'ils représentent et nous disposent à considérer une dot de deux millions cinq cent mille francs comme très possible, très morale.

Donc, une jeune fille, enfant naturelle d'un parvenu et d'une femme de chambre, ayant hérité brusquement de son père, avait appris du même coup la tache de sa naissance, et pour ne pas avoir à la dévoiler à quelque homme qui l'aurait aimée, faisait appel aux inconnus par un moyen fort usité qui comportait en lui-même une sorte d'aveu de tare originelle.

Ma supposition était stupide. Je m'y attachai cependant. Nous autres, notaires, nous ne devrions jamais lire des romans ; et j'en ai lu, monsieur.

Donc j'écrivis, comme notaire, au nom d'un client, et j'attendis.

Cinq jours plus tard, vers trois heures de l'après-midi, j'étais en train de travailler dans mon cabinet, quand le maître clerc m'annonça :

— Mlle Chantefrise.

— Faites entrer.

Alors apparut une femme d'environ trente ans, un peu forte, brune, l'air embarrassé.

— Asseyez-vous, mademoiselle.

Elle s'assit et murmura :

— C'est moi, monsieur.

— Mais, mademoiselle, je n'ai pas l'honneur de vous connaître.

— La personne à qui vous avez écrit.

— Pour un mariage ?

— Oui, monsieur.

— Ah ! très bien !

— Je suis venue moi-même, parce qu'on fait mieux les choses en personne.

— Je suis de votre avis, mademoiselle. Donc vous désirez vous marier ?

— Oui, monsieur.

— Vous avez de la famille ?

Elle hésita, baissa les yeux et balbutia :

— Non, monsieur... Ma mère... et mon père... sont morts.

Je tressaillis. — Donc j'avais deviné juste, — et une vive sympathie s'éveilla brusquement dans mon cœur pour cette pauvre créature. Je n'insistai pas pour ménager sa sensibilité, et je repris :

— Votre fortune est bien nette ?

Elle répondit, cette fois, sans hésiter :

— Oh ! oui, monsieur.

Je la regardais avec grande attention, et, vraiment, elle ne me déplaisait pas, bien qu'un peu mûre, plus mûre que je n'avais pensé. C'était une belle personne, une forte personne, une maîtresse femme. Et l'idée me vint de lui jouer une jolie petite comédie de sentiment, de devenir amoureux d'elle, de supplanter mon client imaginaire, quand je me serais assuré que la dot n'était pas illusoire. Je lui parlai de ce client que je dépeignis comme un homme triste, très honorable, un peu malade.

Elle dit vivement : — Oh ! monsieur, j'aime les gens bien portants.

— Vous le verrez, d'ailleurs, mademoiselle, mais pas avant trois ou quatre jours, car il est parti hier pour l'Angleterre.

— Oh ! que c'est ennuyeux, dit-elle.

— Mon Dieu ! oui et non. Êtes-vous pressée de retourner chez vous ?

— Pas du tout.

— Eh bien, restez ici. Je m'efforcerai de vous faire passer le temps.

— Vous êtes trop aimable, monsieur.

— Vous êtes descendue à l'hôtel ?

Elle nomma le premier hôtel de Rouen.

— Eh bien, mademoiselle, voulez-vous permettre à votre futur... notaire de vous offrir à dîner, ce soir.

Elle parut hésiter, inquiète, indécise ; puis elle se décida :

— Oui, monsieur.

— Je vous prendrai chez vous à sept heures.

— Oui, monsieur.

— Alors, à ce soir, mademoiselle ?

— Oui, monsieur.

Et je la reconduisis jusqu'à ma porte.

*

A sept heures, j'étais chez elle. Elle avait fait des frais de toilette pour moi et me reçut d'une façon très coquette.

Je l'emmenai dîner dans un restaurant où j'étais connu, et je commandai un menu troublant.

Une heure plus tard, nous étions très amis, et elle me contait son histoire. Fille d'une grande dame séduite par un gentilhomme, elle avait été élevée chez des paysans. Elle était riche à présent, ayant hérité de grosses sommes de son père et de sa mère, dont elle ne dirait jamais les noms, jamais. Il était inutile de les lui demander, inutile de la supplier, elle ne le dirait pas. Comme je tenais peu à les savoir, je l'interrogeai sur sa fortune. Elle en parla aussitôt en femme pratique, sûre d'elle, sûre des chiffres, des titres, des revenus, des intérêts et des placements. Sa compétence en cette matière me donna aussitôt une grande confiance en elle, et je devins galant, avec réserve cependant ; mais je lui montrai clairement que j'avais du goût pour elle.

Elle marivauda, non sans grâce. Je lui offris du champagne, et j'en bus, ce qui me troubla les idées. Je sentis alors clairement que j'allais devenir entreprenant, et j'eus peur, peur de moi, peur d'elle, peur qu'elle ne fût aussi un peu émue et qu'elle ne succombât. Pour me calmer, je recommençai à lui parler de sa dot, qu'il faudrait établir d'une façon précise, car mon client était homme d'affaires.

Elle répondit avec gaieté : — Oh ! je sais. J'ai apporté toutes les preuves.

— Ici, à Rouen ?

— Oui, à Rouen.

— Vous les avez à l'hôtel ?

— Mais oui.

— Pouvez-vous me les montrer ?

— Mais oui.

— Ce soir.

— Mais oui.

Cela me sauvait de toutes les façons. Je payai l'addition, et nous voici rentrant chez elle.

Elle avait, en effet, apporté tous ses titres. Je ne pouvais douter, je les tenais, je les palpais, je les lisais. Cela me mit une telle joie au cœur que je fus pris aussitôt d'un violent désir de l'embrasser. Je m'entends, d'un désir chaste, d'un désir d'homme content. Et je l'embrassai, ma foi. Une fois, deux fois, dix fois... si bien que... le champagne aidant... je succombai... ou plutôt.. non... elle succomba.

Ah ! monsieur, j'en fis une tête, après cela... et elle donc ! Elle pleurait comme une fontaine, en me suppliant de ne pas la trahir, de ne pas la perdre. Je promis tout ce qu'elle voulut, et je m'en allai dans un état d'esprit épouvantable.

Que faire ? J'avais abusé de ma cliente. Cela n'eût été rien si j'avais eu un client pour elle, mais je n'en avais pas. C'était moi, le client, le client naïf, le client trompé, trompé par lui-même. Quelle situation ! Je pouvais la lâcher, c'est vrai. Mais la dot, la belle dot, la bonne dot, palpable, sûre ! Et puis avais-je le droit de la lâcher, la pauvre fille, après l'avoir ainsi surprise ? Mais que d'inquiétudes plus tard !

Combien peu de sécurité avec une femme qui succombait ainsi !

Je passai une nuit terrible d'indécision, torturé de remords, ravagé de craintes, ballotté par tous les scrupules. Mais, au matin, ma raison s'éclaircit. Je m'habillai avec recherche et je me présentai, comme onze heures sonnaient, à l'hôtel qu'elle habitait.

En me voyant, elle rougit jusqu'aux yeux.

Je lui dis :

— Mademoiselle, je n'ai plus qu'une chose à faire pour réparer nos torts. Je vous demande votre main.

Elle balbutia :

— Je vous la donne.

Je l'épousai.

*

Tout alla bien pendant six mois.

J'avais cédé mon étude, je vivais en rentier, et vraiment je n'avais pas un reproche, mais pas un seul à adresser à ma femme.

Cependant je remarquai peu à peu que, de temps en temps, elle faisait de longues sorties. Cela arrivait à jour fixe, une semaine le mardi, l'autre semaine le vendredi. Je me crus trompé, je la suivis.

C'était un mardi. Elle sortit à pied vers une heure, descendit la rue de la République, tourna à droite, par la rue qui suit le palais archiépiscopal, prit la rue Grand-Pont jusqu'à la Seine, longea le quai jusqu'au pont de Pierre, traversa l'eau. A partir de ce moment, elle parut inquiète, se retournant souvent, épiant tous les passants.

Comme je m'étais costumé en charbonnier, elle ne me reconnut pas.

Enfin, elle entra dans la gare de la rive gauche ; je ne doutais plus, son amant allait arriver par le train d'une heure quarante-cinq.

Je me cachai derrière un camion et j'attendis. Un

coup de sifflet... un flot de voyageurs... Elle s'avance, s'élance, saisit dans ses bras une petite fille de trois ans qu'une grosse paysanne accompagne, et l'embrasse avec passion. Puis elle se retourne, aperçoit un autre enfant plus jeune, fille ou garçon, porté par une autre campagnarde, se jette dessus, l'étreint avec violence, et s'en va, escortée des deux mioches et des deux bonnes, vers la longue et sombre et déserte promenade du Cours-la-Reine[2].

Je rentrai effaré, l'esprit en détresse, comprenant et ne comprenant pas, n'osant point deviner.

Quand elle revint pour dîner, je me jetai vers elle, hurlant :

— Quels sont ces enfants ?

— Quels enfants ?

— Ceux que vous attendiez au train de Saint-Sever ?

Elle poussa un grand cri et s'évanouit. Quand elle revint à elle, elle me confessa, dans un déluge de larmes, qu'elle en avait quatre. Oui, monsieur, deux pour le mardi, deux filles, et deux pour le vendredi, deux garçons.

Et c'était là — quelle honte ! — c'était là l'origine de sa fortune. — Les quatre pères !... Elle avait amassé sa dot.

Maintenant, monsieur, que me conseillez-vous de faire ?

L'avocat répondit avec gravité :

— Reconnaître vos enfants, monsieur.

LA REVANCHE[1]

SCÈNE PREMIÈRE

MONSIEUR DE GARELLE, *seul, au fond d'un fauteuil.*

Me voici à Cannes, en garçon, drôle de chose. Je suis garçon ! A Paris, je ne m'en apercevais guère. En voyage, c'est autre chose. Ma foi, je ne m'en plains pas.

Et ma femme est remariée !

Est-il heureux, lui, mon successeur, plus heureux que moi ? Quel imbécile ça doit être pour l'avoir épousée après moi ? Au fait, je n'étais pas moins sot pour l'avoir épousée le premier. Elle avait des qualités, pourtant, des qualités... physiques... considérables, mais aussi des tares morales importantes.

Quelle rouée, et quelle menteuse, et quelle coquette, et quelle charmeuse, pour ceux qui ne l'avaient point épousée ! Étais-je cocu ? Cristi ! quelle torture de se demander cela du matin au soir sans obtenir de certitude !

En ai-je fait des marches et des démarches pour l'épier, sans rien savoir. Dans tous les cas, si j'étais cocu, je ne le suis plus, grâce à Naquet[2]. Comme c'est facile tout de même, le divorce ! Ça m'a coûté une cravache de dix francs et une courbature dans le bras droit, sans compter le plaisir de taper à cœur que veux-tu sur une femme que je soupçonnais fortement de me tromper !

Quelle pile, quelle pile !...

Il se lève en riant et fait quelques pas, puis se rassied.

Il est vrai que le jugement a été prononcé à son bénéfice et à mon préjudice — mais quelle pile !

Maintenant, je vais passer l'hiver dans le Midi, en garçon ! Quelle chance ! N'est-ce pas charmant de voyager avec l'éternel espoir de l'amour qui rôde ? Que vais-je rencontrer, dans cet hôtel, tout à l'heure, ou sur la croisette, ou dans la rue peut-être ? Où est-elle, celle qui m'aimera demain et que j'aimerai ? Comment seront ses yeux, ses lèvres, ses cheveux, son sourire ? Comment sera-t-elle, la première femme qui me tendra sa bouche et que j'envelopperai dans mes bras ? Brune ou blonde ? grande ou petite ? rieuse ou sévère ? grasse ou... ? Elle sera grasse !

Oh ! comme je plains ceux qui ne connaissent pas, qui ne connaissent plus le charme exquis de l'attente ? La vraie femme que j'aime, moi, c'est l'Inconnue, l'Espérée, la Désirée, celle qui hante mon cœur sans que mes yeux aient vu sa forme, et dont la séduction s'accroît de toutes les perfections rêvées. Où est-elle ? Dans cet hôtel, derrière cette porte ? Dans une des chambres de cette maison, tout près, ou loin encore ? Qu'importe, pourvu que je la désire, pourvu que je sois certain de la rencontrer ! Et je la rencontrerai assurément aujourd'hui ou demain, cette semaine ou la suivante, tôt ou tard ; mais il faudra bien que je la trouve !

Et j'aurai, tout entière, la joie délicieuse du premier baiser, des premières caresses, toute la griserie des découvertes amoureuses, tout le mystère de l'inexploré aussi charmants, le premier jour, qu'une virginité conquise ! Oh ! les imbéciles qui ne comprennent pas l'adorable sensation des voiles levés pour la première fois. Oh ! les imbéciles qui se marient... car... ces voiles-là... il ne faut pas les lever trop souvent... sur le même spectacle...

Tiens, une femme !...

Une femme traverse le fond du promenoir, élégante, fine, la taille cambrée.

Bigre ! elle a de la taille, et de l'allure. Tâchons de voir... la tête.

Elle passe près de lui sans l'apercevoir, enfoncé dans son fauteuil. Il murmure :

Sacré nom d'un chien, c'est ma femme ! ma femme, ou plutôt non, la femme de Chantever. Elle est jolie tout de même, la gueuse...

Est-ce que je vais avoir envie de la répouser maintenant ?... Bon, elle s'est assise et elle prend *Gil Blas*[3]. Faisons le mort.

Ma femme ! Quel drôle d'effet ça m'a produit. Ma femme ! Au fait, voici un an, plus d'un an qu'elle n'a été ma femme... Oui, elle avait des qualités physiques... considérables ; quelle jambe ! J'en ai des frissons rien que d'y penser. Et une poitrine, d'un fini. Ouf ! Dans les premiers temps nous jouions à l'exercice — gauche — droite — gauche — droite — quelle poitrine ! Gauche ou droite, ça se valait.

Mais quelle teigne... au moral.

A-t-elle eu des amants ? En ai-je souffert de ce doute-là ? Maintenant, zut ! ça ne me regarde plus.

Je n'ai jamais vu une créature plus séduisante quand elle entrait au lit. Elle avait une manière de sauter dessus et de se glisser dans les draps...

Bon, je vais redevenir amoureux d'elle....

Si je lui parlais ?... Mais que lui dirais-je ?

Et puis elle va crier *au secours*, au sujet de la pile ! Quelle pile ! J'ai peut-être été un peu brutal tout de même.

Si je lui parlais ? Ça serait drôle, et crâne, après tout. Sacrebleu, oui, je lui parlerai, et même si je suis vraiment fort... Nous verrons bien...

SCÈNE II

Il s'approche de la jeune femme qui lit avec attention Gil Blas, *et d'une voix douce :*

— Me permettez-vous, madame, de me rappeler à votre souvenir ?

Madame de Chantever lève brusquement la tête, pousse un cri, et veut s'enfuir. Il lui barre le chemin, et, humblement :

— Vous n'avez rien à craindre, madame, je ne suis plus votre mari.

MADAME DE CHANTEVER. — Oh ! vous osez ? Après... après ce qui s'est passé !

M. DE GARELLE. — J'ose... et je n'ose pas... Enfin... Expliquez ça comme vous voudrez. Quand je vous ai aperçue, il m'a été impossible de ne pas venir vous parler.

MADAME DE CHANTEVER. — J'espère que cette plaisanterie est terminée, n'est-ce pas ?

M. DE GARELLE. — Ce n'est point une plaisanterie, madame.

MADAME DE CHANTEVER. — Une gageure, alors, à moins que ce ne soit une simple insolence. D'ailleurs, un homme qui frappe une femme est capable de tout.

M. DE GARELLE. — Vous êtes dure, madame. Vous ne devriez pas cependant, me semble-t-il, me reprocher aujourd'hui un emportement que je regrette d'ailleurs. J'attendais plutôt, je l'avoue, des remerciements de votre part.

MADAME DE CHANTEVER, *stupéfaite.* — Ah çà, vous êtes fou ? ou bien vous vous moquez de moi comme un rustre.

M. DE GARELLE. — Nullement, madame, et pour ne pas me comprendre, il faut que vous soyez fort malheureuse.

MADAME DE CHANTEVER. — Que voulez-vous dire ?

M. DE GARELLE. — Que si vous étiez heureuse avec celui qui a pris ma place, vous me seriez reconnaissante de ma violence qui vous a permis cette nouvelle union.

MADAME DE CHANTEVER. — C'est pousser trop loin la plaisanterie, monsieur. Veuillez me laisser seule.

M. DE GARELLE. — Pourtant, madame, songez-y, si je n'avais point commis l'infamie de vous frapper, nous traînerions encore aujourd'hui notre boulet...

MADAME DE CHANTEVER, *blessée.* — Le fait est que vous m'avez rendu là un rude service !

M. DE GARELLE. — N'est-ce pas ? Un service qui mérite mieux que votre accueil de tout à l'heure.

MADAME DE CHANTEVER. — C'est possible. Mais votre figure m'est si désagréable...

M. DE GARELLE. — Je n'en dirai pas autant de la vôtre.

MADAME DE CHANTEVER. — Vos galanteries me déplaisent autant que vos brutalités.

M. DE GARELLE. — Que voulez-vous, madame, je n'ai plus le droit de vous battre : il faut bien que je me montre aimable.

MADAME DE CHANTEVER. — Ça, c'est franc, du moins. Mais si vous voulez être vraiment aimable, vous vous en irez.

M. DE GARELLE. — Je ne pousse pas encore si loin que ça le désir de vous plaire.

MADAME DE CHANTEVER. — Alors, quelle est votre prétention ?

M. DE GARELLE. — Réparer mes torts, en admettant que j'en aie eu.

MADAME DE CHANTEVER, *indignée.* — Comment ? en admettant que vous en ayez eu ? Mais vous perdez la tête. Vous m'avez rouée de coups et vous trouvez peut-être que vous vous êtes conduit envers moi le mieux du monde.

M. DE GARELLE. — Peut-être !

MADAME DE CHANTEVER. — Comment ? Peut-être ?

M. DE GARELLE. — Oui, madame. Vous connaissez la comédie qui s'appelle le *Mari cocu, battu et content*[4]. Eh bien, ai-je été ou n'ai-je pas été cocu, tout est là ! Dans tous les cas, c'est vous qui avez été battue, et pas contente...

MADAME DE CHANTEVER *se levant.* — Monsieur, vous m'insultez.

M. DE GARELLE, *vivement.* — Je vous en prie, écoutez-moi une minute. J'étais jaloux, très jaloux, ce qui prouve que je vous aimais. Je vous ai battue, ce qui le prouve davantage encore, et battue très fort, ce qui le démontre victorieusement. Or, si vous avez été fidèle, et battue, vous êtes vraiment à plaindre, tout à fait à plaindre, je le confesse, et...

MADAME DE CHANTEVER. — Ne me plaignez pas.

M. DE GARELLE. — Comment l'entendez-vous ? On peut le comprendre de deux façons. Cela veut dire, soit que vous méprisez ma pitié, soit qu'elle est imméritée. Or, si la pitié dont je vous reconnais digne est imméritée, c'est que les coups... les coups violents que vous avez reçus de moi étaient plus que mérités.

MADAME DE CHANTEVER. — Prenez-le comme vous voudrez.

M. DE GARELLE. — Bon. Je comprends. Donc j'étais avec vous, madame, un mari cocu.

MADAME DE CHANTEVER. — Je ne dis pas cela.

M. DE GARELLE. — Vous le laissez entendre.

MADAME DE CHANTEVER. — Je laisse entendre que je ne veux pas de votre pitié.

M. DE GARELLE. — Ne jouons pas sur les mots et avouez-moi franchement que j'étais...

MADAME DE CHANTEVER. — Ne prononcez point ce mot infâme, qui me révolte et me dégoûte.

M. DE GARELLE. — Je vous passe le mot, mais avouez la chose.

MADAME DE CHANTEVER. — Jamais. Ça n'est pas vrai.

M. DE GARELLE. — Alors, je vous plains de tout mon cœur, et la proposition que j'allais vous faire n'a plus de raison d'être.

MADAME DE CHANTEVER. — Quelle proposition ?

M. DE GARELLE. — Il est inutile de vous la dire, puisqu'elle ne peut exister que si vous m'aviez trompé.

MADAME DE CHANTEVER. — Eh bien, admettez un moment que je vous aie trompé.

M. DE GARELLE. — Cela ne suffit pas. Il me faut un aveu.

MADAME DE CHANTEVER. — Je l'avoue.

M. DE GARELLE. — Cela ne suffit pas. Il me faut des preuves.

MADAME DE CHANTEVER, *souriant.* — Vous en demandez trop, à la fin.

M. DE GARELLE. — Non, madame. J'allais vous faire, vous disais-je, une proposition grave, très grave, sans quoi je ne serais point venu vous trouver ainsi après ce qui s'est passé entre nous, de vous à moi, d'abord, et de moi à vous ensuite. Cette proposition, qui peut avoir pour nous deux les conséquences les plus sérieuses, demeurerait sans valeur si je n'avais pas été trompé par vous.

MADAME DE CHANTEVER. — Vous êtes surprenant. Mais que voulez-vous de plus ? Je vous ai trompé, na.

M. DE GARELLE. — Il me faut des preuves.

MADAME DE CHANTEVER. — Mais quelles preuves voulez-vous que je vous donne ? Je n'en ai pas sur moi, ou plutôt je n'en ai plus.

M. DE GARELLE. — Peu importe où elles soient. Il me les faut.

MADAME DE CHANTEVER. — Mais on n'en peut pas garder, des preuves, de ces choses-là... et..., à moins d'un flagrant délit... *Après un silence.* Il me semble que ma parole devrait vous suffire.

M. DE GARELLE, *s'inclinant.* — Alors, vous êtes prête à le jurer.

MADAME DE CHANTEVER, *levant la main.* — Je le jure.

M. DE GARELLE, *sérieux.* — Je vous crois, madame. Et avec qui m'avez-vous trompé ?

MADAME DE CHANTEVER. — Oh ! mais, vous en demandez trop, à la fin.

M. DE GARELLE. — Il est indispensable que je sache son nom.

MADAME DE CHANTEVER. — Il m'est impossible de vous le dire.

M. DE GARELLE. — Pourquoi ça ?

MADAME DE CHANTEVER. — Parce que je suis une femme mariée.

M. DE GARELLE. — Eh bien ?

MADAME DE CHANTEVER. — Et le secret professionnel ?

M. DE GARELLE. — C'est juste.

MADAME DE CHANTEVER. — D'ailleurs, c'est avec M. de Chantever que je vous ai trompé.

M. DE GARELLE. — Ça n'est pas vrai.

MADAME DE CHANTEVER. — Pourquoi ça ?...

M. DE GARELLE. — Parce qu'il ne vous aurait pas épousée.

MADAME DE CHANTEVER. — Insolent ! Et cette proposition ?...

M. DE GARELLE. — La voici. Vous venez d'avouer que j'ai été, grâce à vous, un de ces êtres ridicules, toujours bafoués, quoi qu'ils fassent, comiques s'ils se taisent, et plus grotesques encore s'ils se fâchent, qu'on nomme des maris trompés. Eh bien, madame, il est indubitable que les quelques coups de cravache reçus par vous sont loin de compenser l'outrage et le dommage conjugal que j'ai éprouvés de votre fait, et il est non moins indubitable que vous me devez une compensation plus sérieuse et d'une autre nature, maintenant que je ne suis plus votre mari.

MADAME DE CHANTEVER. — Vous perdez la tête. Que voulez-vous dire ?

M. DE GARELLE. — Je veux dire, madame, que vous

devez me rendre aujourd'hui les heures charmantes que vous m'avez volées quand j'étais votre époux, pour les offrir à je ne sais qui.

MADAME DE CHANTEVER. — Vous êtes fou.

M. DE GARELLE. — Nullement. Votre amour m'appartenait, n'est-ce pas ? Vos baisers m'étaient dus, tous vos baisers, sans exception. Est-ce vrai ? Vous en avez distrait une partie au bénéfice d'un autre ! Eh bien, il importe, il m'importe que la restitution ait lieu, restitution sans scandale, restitution secrète, comme on fait pour les vols honteux.

MADAME DE CHANTEVER. — Mais pour qui me prenez-vous ?

M. DE GARELLE. — Pour la femme de M. de Chantever.

MADAME DE CHANTEVER. — Ça, par exemple, c'est trop fort.

M. DE GARELLE. — Pardon, celui qui m'a trompé vous a bien prise pour la femme de M. de Garelle. Il est juste que mon tour arrive. Ce qui est trop fort, c'est de refuser de rendre ce qui est légitimement dû.

MADAME DE CHANTEVER. — Et si je disais oui... vous pourriez...

M. DE GARELLE. — Mais certainement.

MADAME DE CHANTEVER. — Alors, à quoi aurait servi le divorce ?

M. DE GARELLE. — A raviver notre amour.

MADAME DE CHANTEVER. — Vous ne m'avez jamais aimée.

M. DE GARELLE. — Je vous en donne pourtant une rude preuve.

MADAME DE CHANTEVER. — Laquelle !

M. DE GARELLE. — Comment ? Laquelle ? Quand un homme est assez fou pour proposer à une femme de l'épouser d'abord et de devenir son amant ensuite, cela prouve qu'il aime ou je ne m'y connais pas en amour.

MADAME DE CHANTEVER. — Oh ! ne confondons pas. Épouser une femme prouve l'amour ou le désir, mais la prendre comme maîtresse ne prouve rien... que le mépris. Dans le premier cas, on accepte toutes les charges, tous les ennuis, et toutes les responsabilités de l'amour ; dans le second cas, on laisse ces fardeaux au légitime propriétaire et on ne garde que le plaisir, avec la faculté de disparaître le jour où la personne aura cessé de plaire. Cela ne se ressemble guère.

M. DE GARELLE. — Ma chère amie, vous raisonnez fort mal. Quand on aime une femme, on ne devrait pas l'épouser, parce qu'en l'épousant on est sûr qu'elle vous trompera, comme vous avez fait à mon égard. La preuve est là. Tandis qu'il est indiscutable qu'une maîtresse reste fidèle à son amant avec tout l'acharnement qu'elle met à tromper son mari. Est-ce pas vrai ? Si vous voulez qu'un lien indissoluble se lie entre une femme et vous, faites-la épouser par un autre, le mariage n'est qu'une ficelle qu'on coupe à volonté, et devenez l'amant de cette femme : l'amour libre est une chaîne qu'on ne brise pas. — Nous avons coupé la ficelle, je vous offre la chaîne.

MADAME DE CHANTEVER. — Vous êtes drôle. Mais je refuse.

M. DE GARELLE. — Alors, je préviendrai M. de Chantever.

MADAME DE CHANTEVER. — Vous le préviendrez de quoi ?

M. DE GARELLE. — Je lui dirai que vous m'avez trompé !

MADAME DE CHANTEVER. — Que je vous ai trompé... Vous...

M. DE GARELLE. — Oui, quand vous étiez ma femme.

MADAME DE CHANTEVER. — Eh bien ?

M. DE GARELLE. — Eh bien, il ne vous le pardonnera pas.

MADAME DE CHANTEVER. — Lui ?

M. DE GARELLE. — Parbleu ! Ça n'est pas fait pour le rassurer.

MADAME DE CHANTEVER, *riant.* — Ne faites pas ça, Henry.

Une voix dans l'escalier appelant Mathilde.

MADAME DE CHANTEVER, *bas.* — Mon mari ! Adieu.

M. DE GARELLE, *se levant.* — Je vais vous conduire près de lui et me présenter.

MADAME DE CHANTEVER. — Ne faites pas ça.

M. DE GARELLE. — Vous allez voir.

MADAME DE CHANTEVER. — Je vous en prie.

M. DE GARELLE. — Alors acceptez la chaîne.

LA VOIX. — Mathilde !

MADAME DE CHANTEVER. — Laissez-moi.

M. DE GARELLE. — Où vous reverrai-je ?

MADAME DE CHANTEVER. — Ici, — ce soir, — après dîner.

M. DE GARELLE, *lui baisant la main.* — Je vous aime...

Elle se sauve.

M. de Garelle retourne doucement à son fauteuil et se laisse tomber dedans.

Eh bien ! vrai. J'aime mieux ce rôle-là que le précédent. C'est qu'elle est charmante, tout à fait charmante, et bien plus charmante encore depuis que j'ai entendu la voix de M. de Chantever l'appeler comme ça « Mathilde » avec ce ton de propriétaire qu'ont les maris.

L'ODYSSÉE D'UNE FILLE[1]

Oui, le souvenir de ce soir-là ne s'effacera jamais. J'ai eu, pendant une demi-heure, la sinistre sensation de la fatalité invincible ; j'ai éprouvé ce frisson qu'on a en descendant aux puits des mines. J'ai touché ce fond noir de la misère humaine ; j'ai compris l'impossibilité de la vie honnête pour quelques-uns.

Il était minuit passé. J'allais du Vaudeville à la rue Drouot[2], suivant d'un pas pressé le boulevard où couraient des parapluies. Une poussière d'eau voltigeait plutôt qu'elle ne tombait, voilant les becs de gaz, attristant la rue. Le trottoir luisait, gluant plus que mouillé. Les gens pressés ne regardaient rien.

Les filles, la jupe relevée, montrant leurs jambes, laissant entrevoir un bas blanc à la lueur terne de la lumière nocturne, attendaient dans l'ombre des portes, appelaient, ou bien passaient pressées, hardies, vous jetant à l'oreille deux mots obscurs et stupides. Elles suivaient l'homme quelques secondes, se serrant contre lui, lui soufflant au visage leur haleine putride ; puis, voyant inutiles leurs exhortations, elles le quittaient d'un mouvement brusque et mécontent, et se remettaient à marcher en frétillant des hanches.

J'allais, appelé par toutes, pris par la manche, harcelé et soulevé de dégoût. Tout à coup, j'en vis trois qui couraient comme affolées, jetant aux autres quelques paroles rapides. Et les autres aussi se mettaient à courir, à fuir, tenant à pleines mains leurs robes pour aller plus vite.

On donnait ce jour-là un coup de filet à la prostitution.

Et soudain je sentis un bras sous le mien, tandis qu'une voix éperdue me murmurait dans l'oreille : « Sauvez-moi, monsieur, sauvez-moi, ne me quittez pas. »

Je regardai la fille. Elle n'avait pas vingt ans, bien que fanée déjà. Je lui dis : « Reste avec moi. » Elle murmura : « Oh ! merci. »

Nous arrivions dans la ligne des agents. Elle s'ouvrit pour me laisser passer.

Et je m'engageai dans la rue Drouot.

Ma compagne me demanda : — Viens-tu chez moi ?

— Non.

— Pourquoi pas ? Tu m'as rendu un rude service que je n'oublierai pas.

Je répondis, pour me débarrasser d'elle : — Parce que je suis marié.

— Qu'est-ce que ça fait ?

— Voyons, mon enfant, ça suffit. Je t'ai tirée d'affaire. Laisse-moi tranquille maintenant.

La rue était déserte et noire, vraiment sinistre. Et cette femme qui me serrait le bras rendait plus affreuse encore cette sensation de tristesse qui m'avait envahi. Elle voulut m'embrasser. Je me reculai avec horreur ; et d'une voix dure :

— Allons, f...-moi la paix, n'est-ce pas ?

Elle eut une sorte de mouvement de rage, puis, brusquement, se mit à sangloter. Je demeurai éperdu, attendri, sans comprendre.

— Voyons, qu'est-ce que tu as ?

Elle murmura dans ses larmes : — Si tu savais, ça n'est pas gai, va.

— Quoi donc !

— C'te vie-là.

— Pourquoi l'as-tu choisie ?

— Est-ce que c'est ma faute ?

— A qui la faute, alors ?

— J'sais-ti, moi !

Une sorte d'intérêt me prit pour cette abandonnée.

Je lui demandai : — Dis-moi ton histoire ?

Elle me la conta.

— J'avais seize ans, j'étais en service à Yvetot, chez M. Lerable, un grainetier. Mes parents étaient morts. Je n'avais personne ; je voyais bien que mon maître me regardait d'une drôle de façon et qu'il me chatouillait les joues ; mais je ne m'en demandais pas plus long. Je savais les choses, certainement. A la campagne, on est dégourdi ; mais M. Lerable était un vieux dévot qu'allait à la messe chaque dimanche. Je l'en aurais jamais cru capable, enfin !

V'là qu'un jour il veut me prendre dans ma cuisine. Je lui résiste. Il s'en va.

Y avait en face de nous un épicier, M. Dutan, qui avait un garçon de magasin bien plaisant ; si tant est que je me laissai enjoler par lui. Ça arrive à tout le monde, n'est-ce pas ? Donc je quittais[3] la porte ouverte, les soirs, et il venait me retrouver.

Mais v'là qu'une nuit M. Lerable entend du bruit. Il monte et il trouve Antoine qu'il veut tuer. Ça fait une bataille à coups de chaise, de pot à eau, de tout. Moi j'avais saisi mes hardes et je me sauvai dans la rue. Me v'là partie.

J'avais une peur, une peur de loup. Je m'habillai sous une porte. Puis je me mis à marcher tout droit. Je croyais pour sûr qu'il y avait quelqu'un de tué et que les gendarmes me cherchaient déjà. Je gagnai la grand'route de Rouen. Je me disais qu'à Rouen je pourrais me cacher très bien.

Il faisait noir à ne pas voir les fossés, et j'entendais des chiens qui aboyaient dans les fermes. Sait-on tout ce qu'on entend la nuit ? Des oiseaux qui crient comme des hommes qu'on égorge, des bêtes qui jappent, des bêtes qui sifflent, et puis tant de choses que l'on ne comprend pas. J'en avais la chair de poule. A chaque bruit, je faisais le signe de croix. On ne s'imagine point ce que ça vous émouve le cœur. Quand le jour parut, v'là que l'idée des gendarmes me reprit, et que je me mis à courir. Puis je me calmai.

Je me sentis faim tout de même, malgré ma confusion ; mais je ne possédais rien, pas un sou, j'avais oublié mon argent, tout ce qui m'appartenait sur terre, dix-huit francs.

Me v'là donc à marcher avec un ventre qui chante. Il faisait chaud. Le soleil piquait. Midi passe. J'allais toujours.

Tout à coup j'entends des chevaux derrière moi. Je me retourne. Les gendarmes ! Mon sang ne fait qu'un tour ; j'ai cru que j'allais tomber ; mais je me contiens. Ils me rattrapent. Ils me regardent. Il y en a un, le plus vieux, qui dit :

— Bonjour, mamzelle.

— Bonjour, monsieur.

— Ousque vous allez comme ça ?

— Je vas t'à Rouen, en service dans une place qu'on m'a t'offerte.

— Comme ça, pédestrement ?

— Oui, comme ça.

Mon cœur battait, monsieur, à ce que je ne pouvais plus parler. Je me disais : « Ils me tiennent. » Et j'avais une envie de courir qui me frétillait dans les jambes. Mais ils m'auraient rattrapée tout de suite, vous comprenez.

Le vieux recommença : — Nous allons faire route ensemble jusqu'à Barantin[4], mamzelle, vu que nous suivons le même itinéraire.

— Avec satisfaction, monsieur.

Et nous v'là causant. Je me faisais plaisante autant que je pouvais, n'est-ce pas ; si bien qu'ils ont cru des choses qui n'étaient point. Or, comme je passais dans un bois, le vieux dit : — Voulez-vous, mamzelle, que j'allions faire un repos sur la mousse ?

Moi, je répondis sans y penser : — A votre désir, monsieur.

Donc il descend et il donne son cheval à l'autre, et nous v'là partis dans le bois tous deux.

Il n'y avait plus à dire non. Qu'est-ce que vous auriez fait à ma place ? Il en prit ce qu'il a voulu ; puis il me dit : « Faut pas oublier le camarade. » Et il retourna tenir les chevaux, pendant que l'autre m'a rejointe. J'en étais honteuse que j'en aurais pleuré, monsieur. Mais je n'osais point résister, vous comprenez.

Donc nous v'là repartis. Je ne parlions plus. J'avais trop de deuil au cœur. Et puis je ne pouvais plus marcher tant j'avais faim. Tout de même, dans un village, ils m'ont offert un verre de vin, qui m'a r'donné des forces pour quelque temps. Et puis ils ont pris le trot pour pas traverser Barantin de compagnie. Alors je m'assis dans le fossé et je pleurai tout ce que j'avais de larmes.

Je marchai encore plus de trois heures durant avant Rouen. Il était sept heures du soir quand j'arrivai. D'abord toutes ces lumières m'éblouirent. Et puis je ne savais point où m'asseoir. Sur les routes, y a les fossés et l'herbe ousqu'on peut même se coucher pour dormir. Mais dans les villes, rien.

Les jambes me rentraient dans le corps, et j'avais des éblouissements à croire que j'allais tomber. Et puis, il se mit à pleuvoir, une petite pluie fine, comme ce soir, qui vous traverse sans que ça ait l'air de rien. J'ai pas de chance les jours qu'il pleut. Je commençai donc à marcher dans les rues. Je regardais toutes ces maisons en me disant : « Y a tant de lits et tant de pain dans tout ça, et je ne pourrai point seulement trouver une croûte et une paillasse. » Je pris par des rues où il y avait des femmes qui appelaient les hommes de passage. Dans ces cas-là, monsieur, on fait ce qu'on peut. Je me mis, comme elles, à inviter le monde. Mais on ne me répondait point. J'aurais voulu être morte. Ça dura bien jusqu'à minuit. Je ne savais même plus ce que je faisais. A la fin, v'là un homme qui m'écoute. Il me demande : « Ousque tu demeures ? » On devient vite rusée dans la nécessité. Je répondis : « Je ne peux pas vous mener chez moi, vu que j'habite avec maman. Mais n'y a-t-il point de maisons où l'on peut aller ? »

Il répondit : « Plus souvent que je vas dépenser vingt sous de chambre. »

Puis il réfléchit et ajouta : « Viens-t'en. Je connais un endroit tranquille ousque nous ne serons point interrompus. »

Il me fit passer un pont et puis il m'emmena au bout de la ville, dans un pré qu'était près de la rivière. Je ne pouvais pus le suivre.

Il me fit asseoir et puis il se mit à causer pourquoi nous étions venus. Mais comme il était long dans son affaire, je me trouvai tant percluse de fatigue que je m'endormis.

Il s'en alla sans rien me donner. Je ne m'en aperçus seulement pas. Il pleuvait, comme je vous l'disais. C'est d'puis ce jour-là que j'ai des douleurs que je n'ai pas pu m'en guérir, vu que j'ai dormi toute la nuit dans la crotte.

Je fus réveillée par deux sergots qui me mirent au poste, et puis, de là, en prison, où je restai huit jours, pendant qu'on cherchait ce que je pouvais bien être et d'où je venais. Je ne voulus point le dire par peur des conséquences.

On le sut pourtant et on me lâcha, après un jugement d'innocence.

Il fallait recommencer à trouver du pain. Je tâchai d'avoir une place, mais je ne pus pas, à cause de la prison d'où je venais.

Alors je me rappelai d'un vieux juge qui m'avait tourné de l'œil, pendant qu'il me jugeait, à la façon du père Lerable, d'Yvetot. Et j'allai le trouver. Je ne m'étais point trompée. Il me donna cent sous quand je le quittai, en me disant : « T'en auras autant toutes les fois ; mais viens pas plus souvent que deux fois par semaine. »

Je compris bien ça, vu son âge. Mais ça me donna une réflexion. Je me dis : « Les jeunes gens, ça rigole, ça s'amuse ; mais il n'y a jamais gras, tandis que les vieux, c'est autre chose. » Et puis je les connaissais maintenant, les vieux singes, avec leurs yeux en coulisse et leur petit simulacre de tête.

Savez-vous ce que je fis, monsieur ? Je m'habillai en bobonne qui vient du marché, et je courais les rues en cherchant mes nourriciers. Oh ! je les pinçais du premiers coup. Je me disais : « En v'là un qui mord. »

Il s'approchait. Il commençait :

— Bonjour, mamzelle.

— Bonjour, monsieur.

— Ousque vous allez, comme ça ?

— Je rentre chez mes maîtres.

— Ils demeurent loin, vos maîtres ?

— Comme ci, comme ça.

Alors il ne savait plus quoi dire. Moi je ralentissais le pas pour le laisser s'expliquer.

Alors il prononçait, tout bas, quelques compliments, et puis il me demandait de passer chez lui. Je me faisais prier, vous comprenez, puis je cédais. J'en avais de la sorte deux ou trois pour chaque matin, et toutes mes après-midi libres. Ç'a été le bon temps de ma vie. Je ne me faisais pas de bile.

Mais voilà. On n'est jamais tranquille longtemps. Le malheur a voulu que je fisse la connaissance d'un grand richard du grand monde. Un ancien président qui avait bien soixante-quinze ans.

Un soir, il m'emmena dîner dans un restaurant des environs. Et puis, vous comprenez, il n'a pas su se modérer. Il est mort au dessert.

J'ai eu trois mois de prison, vu que je n'étais point sous la surveillance.

C'est alors que je vins à Paris.

Oh ! ici, monsieur, c'est dur de vivre. On ne mange

pas tous les jours, allez. Y en a trop. Enfin, tant pis, chacun sa peine, n'est-ce pas ?

Elle se tut. Je marchais à son côté, le cœur serré. Tout à coup elle se remit à me tutoyer.

— Alors tu ne montes pas chez moi, mon chéri ?

— Non, je te l'ai déjà dit.

— Eh bien ! au revoir, merci tout de même, sans rancune. Mais je t'assure que tu as tort.

Et elle partit, s'enfonçant dans la pluie fine comme un voile. Je la vis passer sous un bec de gaz, puis disparaître dans l'ombre. Pauvre fille !

LA FENÊTRE[1]

Je fis la connaissance de Mme de Jadelle[2] à Paris, cet hiver. Elle me plut infiniment tout de suite. Vous la connaissez d'ailleurs autant que moi..., non... pardon... presque autant que moi... Vous savez comme elle est fantasque et poétique en même temps. Libre d'allures et de cœur impressionnable, volontaire, émancipée, hardie, entreprenante, audacieuse, enfin au-dessus de tout préjugé, et, malgré cela, sentimentale, délicate, vite froissée, tendre et pudique[3].

Elle était veuve, j'adore les veuves, par paresse. Je cherchais alors à me marier, je lui fis la cour. Plus je la connaissais, plus elle me plaisait ; et je crus le moment venu de risquer ma demande. J'étais amoureux d'elle et j'allais le devenir trop. Quand on se marie, il ne faut pas trop aimer sa femme, parce qu'alors on fait des bêtises ; on se trouble, on devient en même temps niais et brutal. Il faut se dominer encore. Si on perd la tête le premier soir, on risque fort de l'avoir boisée un an plus tard.

Donc, un jour, je me présentai chez elle avec des gants clairs et je lui dis : « Madame, j'ai le bonheur de vous aimer et je viens vous demander si je puis avoir quelque espoir de vous plaire, en y mettant tous mes soins, et de vous donner mon nom. »

Elle me répondit tranquillement : « Comme vous y allez, monsieur ! J'ignore absolument si vous me plairez tôt ou tard ; mais je ne demande pas mieux que d'en faire l'épreuve. Comme homme, je ne vous trouve pas mal. Reste à savoir ce que vous êtes comme cœur, comme caractère et comme habitudes. La plupart des mariages deviennent orageux ou criminels, parce qu'on ne se connaît pas assez en s'accouplant. Il suffit d'un rien, d'une manie enracinée, d'une opinion tenace sur un point quelconque de morale, de religion ou de n'importe quoi, d'un geste qui déplaît, d'un tic, d'un tout petit défaut ou même d'une qualité désagréable pour faire deux ennemis irréconciliables, acharnés et enchaînés l'un à l'autre jusqu'à la mort, des deux fiancés les plus tendres et les plus passionnés.

« Je ne me marierai pas, monsieur, sans connaître à fond, dans les coins et replis de l'âme, l'homme dont je partagerai l'existence. Je le veux étudier à loisir, de tout près, pendant des mois.

« Voici donc ce que je vous propose. Vous allez venir passer l'été chez moi, dans ma propriété de Lauville et nous verrons là, tranquillement, si nous sommes faits pour vivre côte à côte...

« Je vous vois rire ! Vous avez une mauvaise pensée. Oh ! monsieur, si je n'étais pas sûre de moi, je ne vous ferais point cette proposition. J'ai pour l'amour, tel que vous le comprenez, vous autres hommes, un tel mépris et un tel dégoût qu'une chute est impossible pour moi. Acceptez-vous ? »

Je lui baisai la main.

— Quand partons-nous, madame ?

— Le 10 mai[4]. C'est entendu ?

— C'est entendu.

Un mois plus tard, je m'installais chez elle. C'était vraiment une singulière femme. Du matin au soir, elle m'étudiait. Comme elle adore les chevaux, nous passions chaque jour des heures à nous promener par les bois, en parlant de tout, car elle cherchait à pénétrer mes plus intimes pensées autant qu'elle s'efforçait d'observer jusqu'à mes moindres mouvements.

Quant à moi, je devenais follement amoureux et je ne m'inquiétais nullement de l'accord de nos caractères. Je m'aperçus bientôt que mon sommeil lui-même était soumis à une surveillance. Quelqu'un couchait dans une petite chambre à côté de la mienne, où l'on n'entrait que fort tard et avec des précautions infinies. Cet espionnage de tous les instants finit par m'impatienter. Je voulus hâter le dénouement, et je devins, un soir, entreprenant. Elle me reçut de telle façon que je m'abstins de toute tentative nouvelle ; mais un violent désir m'envahit de lui faire payer, d'une façon quelconque, le régime policier auquel j'étais soumis, et je m'avisai d'un moyen.

Vous connaissez Césarine, sa femme de chambre, une jolie fille de Granville, où toutes les femmes sont belles, mais aussi blonde que sa maîtresse est brune.

Donc un après-midi j'attirai la soubrette dans ma chambre, je lui mis cent francs dans la main et je lui dis :

— Ma chère enfant, je ne veux te demander rien de vilain, mais je désire faire envers ta maîtresse ce qu'elle fait envers moi.

La petite bonne souriait d'un air sournois. Je repris :

— On me surveille jour et nuit, je le sais. On me regarde manger, boire, m'habiller, me raser et mettre mes chaussettes, je le sais.

La fillette articula : — Dame, monsieur..., puis se tut. Je continuai :

— Tu couches dans la chambre à côté pour écouter si je souffle ou si je rêve tout haut, ne le nie pas !...

Elle se mit à rire tout à fait et prononça :

— Dame, monsieur..., puis se tut encore.

Je m'animai : — Eh bien, tu comprends, ma fille, qu'il n'est pas juste qu'on sache tout sur mon compte et que je ne sache rien sur celui de la personne qui sera ma femme. Je l'aime de toute mon âme. Elle a le visage, le cœur, l'esprit que je rêvais, je suis le plus heureux des hommes sous ce rapport ; cependant il y a des choses que je voudrais bien savoir...

Césarine se décida à enfoncer dans sa poche mon billet de banque. Je compris que le marché était conclu.

— Écoute, ma fille, nous autres hommes, nous tenons beaucoup à certains... à certains... détails... physiques, qui n'empêchent pas une femme d'être charmante, mais qui peuvent changer son prix à nos yeux. Je ne te demande pas de me dire du mal de ta maîtresse, ni même de m'avouer ses défauts secrets si elle en a. Réponds seulement avec franchise aux quatre ou cinq questions que je vais te poser. Tu connais Mme de Jadelle comme toi-même, puisque tu l'habilles et que tu la déshabilles tous les jours. Eh bien, voyons, dis-moi cela. Est-elle aussi grasse qu'elle en a l'air ?

La petite bonne ne répondit pas.

Je repris :

— Voyons, mon enfant, tu n'ignores pas qu'il y a des femmes qui se mettent du coton, tu sais, du coton là où, là où... enfin du coton là où on nourrit les petits enfants, et aussi là où on s'assoit. Dis-moi, met-elle du coton ?

Césarine avait baissé les yeux. Elle prononça timidement :

— Demandez toujours, monsieur, je répondrai tout à la fois.

— Eh bien, ma fille, il y a aussi des femmes qui ont les genoux rentrés, si bien qu'ils s'entre-frottent à chaque pas qu'elles font. Il y en a d'autres qui les ont écartés, ce qui leur fait des jambes pareilles aux arches d'un pont. On voit le paysage au milieu. C'est très joli des deux façons. Dis-moi comment sont les jambes de ta maîtresse ?

La petite bonne ne répondit pas.

Je continuai :

— Il y en a qui ont la poitrine si belle qu'elle forme un gros pli dessous. Il y en a qui ont des gros bras avec une taille mince. Il y en a qui sont très fortes par devant et pas du tout par derrière ; d'autres qui sont très fortes par derrière et pas du tout par devant. Tout cela est très joli, très joli ; mais je voudrais bien savoir comment est faite ta maîtresse. Dis-le-moi franchement et je te donnerai encore beaucoup d'argent...

Césarine me regarda au fond des yeux et répondit en riant de tout son cœur :

— Monsieur, à part qu'elle est noire, madame est faite tout comme moi. Puis elle s'enfuit.

J'étais joué.

Cette fois, je me trouvai ridicule et je résolus de me venger au moins de cette bonne impertinente.

Une heure plus tard, j'entrai avec précaution dans la petite chambre, d'où elle m'écoutait dormir, et je dévissai les verrous.

Elle arriva vers minuit à son poste d'observation. Je la suivis aussitôt. En m'apercevant, elle voulut crier ; mais je lui fermai la bouche avec ma main et je me convainquis, sans trop d'efforts, que, si elle n'avait pas menti, Mme de Jadelle devait être très bien faite.

Je pris même grand goût à cette constatation qui, d'ailleurs poussée un peu loin, ne semblait plus déplaire à Césarine.

C'était, ma foi, un ravissant échantillon de la race *bas-normande,* forte et fine en même temps. Il lui manquait peut-être certaines délicatesses de soins qu'aurait méprisées Henri IV. Je les lui révélai bien vite, et comme j'adore les parfums, je lui fis cadeau, le soir même, d'un flacon de lavande ambrée.

Nous fûmes bientôt plus liés même que je n'aurais cru, presque amis. Elle devint une maîtresse exquise, naturellement spirituelle, et rouée à plaisir. C'eût été, à Paris, une courtisane de grand mérite.

Les douceurs qu'elle me procura me permirent d'attendre sans impatience la fin de l'épreuve de Mme de Jadelle. Je devins d'un caractère incomparable, souple, docile, complaisant.

Quant à ma fiancée, elle me trouvait sans doute délicieux, et je compris, à certains signes, que j'allais bientôt être agréé. J'étais certes le plus heureux homme du monde, attendant tranquillement le baiser légal d'une femme que j'aimais dans les bras d'une jeune et belle fille pour qui j'avais de la tendresse.

C'est ici, madame, qu'il faut vous tourner un peu ; j'arrive à l'endroit délicat.

Mme de Jadelle, un soir, comme nous revenions de notre promenade à cheval, se plaignit vivement que ses palefreniers n'eussent point pour la bête qu'elle montait certaines précautions exigées par elle. Elle répéta même plusieurs fois : « Qu'ils prennent garde, qu'ils prennent garde, j'ai un moyen de les surprendre. »

Je passai une nuit calme, dans mon lit. Je m'éveillai tôt, plein d'ardeur et d'entrain. Et je m'habillai.

J'avais l'habitude d'aller chaque matin fumer une cigarette sur une tourelle du château où montait un escalier en limaçon, éclairé par une grande fenêtre à la hauteur du premier étage.

Je m'avançais sans bruit, les pieds en mes pantoufles de maroquin aux semelles ouatées, pour gravir les premières marches, quand j'aperçus Césarine, penchée à la fenêtre, regardant au dehors.

Je n'aperçus pas Césarine tout entière, mais seulement une moitié de Césarine, la seconde moitié d'elle ; j'aimais autant cette moitié-là. De Mme de Jadelle j'eusse préféré peut-être la première. Elle était charmante ainsi, si ronde, vêtue à peine d'un petit jupon blanc, cette moitié qui s'offrait à moi.

Je m'approchai si doucement que la jeune fille n'entendit rien. Je me mis à genoux ; je pris avec mille précautions les deux bords du fin jupon, et, brusquement, je relevai. Je la reconnus aussitôt, pleine, fraîche, grasse et douce, la face secrète de ma maîtresse, et j'y jetai, pardon, madame, j'y jetai un tendre baiser, un baiser d'amant qui peut tout oser.

Je fus surpris. Cela sentait la verveine ! Mais je n'eus

pas le temps d'y réfléchir. Je reçus un grand coup, ou plutôt une poussée dans la figure qui faillit me briser le nez. J'entendis un cri qui me fit dresser les cheveux. La personne s'était retournée — c'était Mme de Jadelle !

Elle battit l'air de ses mains comme une femme qui perd connaissance ; elle haleta quelques secondes, fit le geste de me cravacher, puis s'enfuit.

Dix minutes plus tard, Césarine, stupéfaite, m'apportait une lettre ; je lus : « Mme de Jadelle espère que M. de Brives la débarrassera immédiatement de sa présence. »

Je partis.

Eh bien, je ne suis point encore consolé. J'ai tenté de tous les moyens et de toutes les explications pour me faire pardonner cette méprise. Toutes mes démarches ont échoué.

Depuis ce moment, voyez-vous, j'ai dans... dans le cœur un goût de verveine qui me donne un désir immodéré de sentir encore ce bouquet-là.

DOSSIER

CHRONOLOGIE

1850 — *5 août.* Naissance de Guy de Maupassant, au château de Miromesnil (Seine-Maritime) selon les uns, à Fécamp selon les autres. Cette dernière thèse a pour elle d'assez sérieuses vraisemblances. M. est fils de Gustave de Maupassant (1821-1900) et de Laure Le Poittevin (1821-1903). De cette union naît un autre garçon, Hervé, qui mourra fou (1856-1889). Le ménage Maupassant n'est pas très uni : une séparation à l'amiable est prononcée en 1863. Il n'y a pas lieu de s'arrêter à l'hypothèse, avancée par certains, selon laquelle Flaubert serait le père de Guy ; la seule vérité est que le frère aîné de Laure fut le grand ami de jeunesse de Gustave.

1851 — *2 décembre.* Coup d'État de Louis-Napoléon, futur Napoléon III en 1852.

1857 — Publication de *Madame Bovary* de Flaubert, et des *Fleurs du mal* de Baudelaire. L'année suivante : traduction française des *Récits d'un chasseur* de Tourgueniev.

1859-1860 — Guy est élève au lycée impérial Napoléon, à Paris (actuel lycée Henri-IV).

1863 — Pensionnaire à l'Institution ecclésiastique d'Yvetot. Il y reste jusqu'en 1868. Discipline et claustration lui pèsent. Premiers essais poétiques. « Salon des Refusés » (Manet, Pissarro, Cézanne, etc.).

1864 — Maupassant passe ses vacances dans la villa des Verguies, propriété de sa mère à Étretat. Il rencontre Swinburne (1866).

1868 — M. entre comme interne au lycée de Rouen. Il y fera ses classes de rhétorique et philosophie. Son correspondant est Louis Bouilhet, poète, ami de Flaubert.

1869 — *27 juillet.* M. est reçu bachelier ès lettres.
Octobre. Il s'inscrit à la Faculté de droit de Paris.
Novembre. Flaubert : *L'Éducation sentimentale.*

1870 — *Juillet.* Guerre franco-prussienne. M. est appelé et versé dans l'Intendance ; il est affecté à Rouen.
Septembre. Défaite de Sedan ; déchéance de l'Empire, proclamation de la République ; siège de Paris. M. est muté de Rouen dans la capitale.

1871 — *Mars-mai.* La Commune de Paris.
Septembre. M. se fait remplacer et quitte l'armée.
Octobre. Zola publie *La Fortune des Rougon,* premier volume de la série des *Rougon-Macquart.*
M., qui poursuit théoriquement ses études, cherche en fait du travail. Par ailleurs, il écrit et soumet ses essais à Flaubert. Il se livre aux plaisirs du canotage... et autres.

1872 — *Octobre.* Il est nommé surnuméraire au ministère de la Marine.

1873 — *Février.* M. est payé 125 francs par mois (il deviendra titulaire un an plus tard).
Les pouvoirs de Mac-Mahon sont prorogés pour sept ans ; l' « ordre moral » va régner.
Dans les lettres : en poésie, de jeunes inconnus publient sans grande audience (Tristan Corbière, Charles Cros, Arthur Rimbaud) ; gros succès, en revanche, *Le Ventre de Paris.*
Pour la première fois, avec *Le Bon Bock,* Manet n'effarouche pas le public.

1874 — Par l'intermédiaire de Flaubert (qui publie *La Tentation de saint Antoine*), M. entre en relations avec Goncourt, Zola et quelques-uns de ceux qui deviendront les « naturalistes ».
Première exposition des « impressionnistes ».

1875 — Publication de « La Main d'écorché », premier conte de M. (sous le pseudonyme de Joseph Prunier). Il travaille à une pièce de théâtre *(La Comtesse de Rhune)* et compose, avec quelques camarades, une pièce fort libre, *A la feuille de rose. Maison turque,* qu'il représente en privé devant un auditoire qui compte Flaubert et Tourgueniev.
Grande époque des promenades en banlieue et des randonnées au bord de la Seine (Bezons, Bougival, Chatou, Croissy, « La Grenouillère »).

1876 — M. écrit *Une répétition* (pièce en un acte ; jouée en 1904 seulement).
Sous le pseudonyme de Guy de Valmont, il publie des poèmes dans *La République des lettres.* Articles dans le quotidien *La Nation.*

L'équipe du futur « groupe de Médan » est désormais constituée (Zola, Huysmans, Alexis, Hennique, Céard) ; il faut y ajouter Mendès et Mirbeau.

1877 — Crise politique *(mai)* ; dissolution de la Chambre ; les élections d'octobre amènent une majorité républicaine.
Avril. Dîner chez Trapp, autour de Flaubert, Goncourt et Zola, organisé par le jeune groupe de Médan.
Été. M. fait une cure dans le Valais, à Loèche.
Publication de *La Fille Élisa* de Goncourt et de *L'Assommoir* de Zola.

1878 — M. démissionne du ministère de la Marine et passe à celui de l'Instruction publique.

1879 — *Février.* Représentation d'*Histoire du vieux temps*, au troisième Théâtre français (théâtre Déjazet).
M. publie, dans *La Réforme* et dans le recueil de l'éditeur Tresse, *Saynètes et monologues*.
A l'*automne*, voyage en Bretagne et à Jersey.
Novembre. La reprise, par la *Revue moderne et naturaliste*, d'un poème paru en 1876 déclenche, quelques semaines plus tard, une information du parquet d'Étampes pour outrage à la morale publique.
M. travaille à « Boule de suif ».
Décembre. Il est nommé officier d'académie.

1880 — *Février.* Non-lieu dans l'affaire d'Étampes.
Mars. Troubles oculaires ; ils s'aggraveront d'année en année et s'accompagneront de violentes migraines.
Avril. Publication des *Soirées de Médan* (qui contient « Boule de suif ») ; succès considérable : M. est brusquement célèbre. Le même mois, son recueil *Des vers* paraît chez Charpentier.
8 mai. Mort de Flaubert.
Juin. Sollicite un congé ; en fait, il ne reprendra jamais son emploi au ministère et vivra de sa plume. Il va, notamment, collaborer au *Gaulois*. C'est, avec *Gil Blas*, le quotidien dans lequel se retrouve la majorité de ses contes et chroniques (parfois sous des pseudonymes : Chaudrons du Diable ou Maufrigneuse). Au total, plus de trois cents contes et environ deux cents chroniques.
Juillet. Loi d'amnistie pour les condamnés de la Commune.
Le 14 juillet devient fête nationale.
Septembre. M. est en Corse. A son retour, en *octobre*, il est sollicité de participer au lancement d'une revue, *La Comédie humaine*, qui ne verra jamais le jour.
Cette année paraissent : *Le Roman expérimental* de Zola, et les *Pensées, maximes et fragments* de Schopenhauer (traduits par J. Bourdeau).

1881 — M. collabore à *La Nouvelle Revue* et à la *Revue bleue*.
Mai. Publication du recueil *La Maison Tellier*.
Soulèvements en Afrique du Nord; en *juillet*, M. part pour l'Algérie.
Il y effectue une sorte de reportage.
Décembre. Début de la collaboration de M. à *Gil Blas*.

1882 — Krach de l'Union Générale; lois sur l'instruction obligatoire; fondation de la Ligue des Patriotes par Déroulède.
Huysmans publie *A vau-l'eau*.
Avril. M. séjourne dans le Midi (Menton, Saint-Raphaël).
Mai. *Mademoiselle Fifi*, recueil de contes.
Été. Voyage en Bretagne.

1883 — Expédition du Tonkin.
Mort de Manet et de Tourgueniev. Publication des *Contes cruels* de Villiers de l'Isle-Adam et de *Ainsi parlait Zarathoustra* de Nietzsche. M. publie : *Une vie*, roman, et les *Contes de la Bécasse*, recueil; nouvelle édition de *Mademoiselle Fifi*.
Février. Naissance du premier des trois enfants naturels que M. a de Joséphine Litzelmann.
Novembre. François Tassart entre, comme valet de chambre, au service de M. Il sera le témoin minutieux, mais discuté, des dix dernières années de la vie de l'écrivain.
Décembre. Séjour à Cannes, qui se renouvellera, assez régulièrement, durant les années suivantes.

1884 — Une des années les plus fécondes en publications, contes et chroniques dans *Gil Blas* et *Le Gaulois*. Recueils : *Miss Harriet*, *Les Sœurs Rondoli*, *Clair de lune*, *Yvette*. Notes de voyage : *Au soleil*.
Préface aux lettres de G. Flaubert à G. Sand.
Il travaille à *Bel-Ami*.
J.-K. Huysmans publie *A rebours*.

1885 — Chute du ministère Jules Ferry.
Mort de Victor Hugo.
Zola publie *Germinal* et Laforgue *Les Complaintes*.
Avril-mai. Voyage en Italie et en Sicile.
M. achète un bateau qu'il baptise le « Bel-Ami », d'après le titre du roman qu'il publie, en *mai*, chez l'éditeur Havard.
Juillet-août. M. à Châtelguyon.
Automne. Séjour à Étretat.
Nouvelle édition des *Contes du jour et de la nuit*; publication de *Toine*.

1886 — Plusieurs événements littéraires ou artistiques importants : dernière exposition des Impressionnistes; publication du *Manifeste* de Moréas sur le Symbolisme, des *Illuminations* de Rim-

baud, de *Par-delà le bien et le mal* de Nietzsche, de *L'Œuvre* de Zola, de *La France juive* de Drumont.
M. publie deux recueils : *La Petite Roque* et *Monsieur Parent*.
Mai. Sous le nom transparent de Beaufrilan, Jean Lorrain offre, dans son roman *Très Russe*, un portrait peu flatté de Maupassant : « *C'est l'étalon modèle littéraire et plastique du grand haras Flaubert, Zola et Cie ; il roucoule et paonne* », etc. Un duel manque de peu de s'ensuivre.
Juillet-octobre. Séjours à Châtelguyon, Étretat, Antibes.

1887 — Crise boulangiste. Affaire Wilson ; démission de Jules Grévy.
Janvier. *Mont-Oriol*, roman.
M. fréquente la haute société et se lie avec un certain nombre de jeunes femmes (H. Lecomte du Noüy — depuis plusieurs années ; la comtesse Potocka ; Marie Kann).
Mai. *Le Horla*, recueil.
Juillet. Voyage en ballon de Paris en Hollande.
Août. Manifeste des Cinq contre *La Terre* de Zola ; il marque la fin de l' « école » naturaliste.
Octobre. M. s'embarque pour l'Afrique du Nord où il demeurera jusqu'en janvier 1888. Autres séjours, cette année-là : Antibes, Chatou, Étretat.
Hervé, frère de Guy, est interné une première fois.

1888 — *Janvier*. Publication de *Pierre et Jean*, précédé d'une importante préface sur « Le Roman ».
Mars. Publication du conte *Le Rosier de Madame Husson*, édition illustrée.
Octobre. Publication du *Rosier de Madame Husson*, recueil collectif.
Publication de *Sur l'eau*, récits de voyages.

1889 — Année de l'Exposition universelle : « *Je ne suis pas créé pour ces plaisirs-là* », écrit M. Et il fuit la toute jeune tour Eiffel.
Séjours à Cannes, Étretat et en Italie.
Mars. *La Main gauche*, contes.
Mai. *Fort comme la mort*, roman.
Août. Internement et mort de son frère, Hervé.
Une nouvelle génération littéraire se lève : Barrès (qui a commencé à publier la série du *Culte du moi*) ; Claudel : *Tête d'Or* ; Jarry a déjà écrit le premier état d'*Ubu roi* et *Ubu cocu*.

1890 — La production littéraire de M. diminue.
Publie cependant : *Notre cœur*, roman ; *La Vie errante*, voyages, *L'Inutile Beauté*, contes.
Très nombreux séjours et déplacements : on croirait que M. tente de se fuir lui-même.

1891 — Jules Huret publie son *Enquête sur l'évolution littéraire*; on y trouve le célèbre télégramme de Paul Alexis : « *Naturalisme pas mort. Lettre suit.* »
M. travaille à un roman qui restera inachevé : *L'Angélus*.
Mars. Première, au Gymnase, de *Musotte*, drame en 3 actes.
Juin-août. Luchon ; cures à Divonne et Champel (Suisse).
Décembre. M. rédige son testament.

1882 — *1er janvier.* Tentative de suicide.
7 janvier. Il est conduit à la maison de santé du Dr Blanche à Passy. Une agonie d'un an commence. M. est syphilitique ; petit à petit, il est gagné par le délire et la paralysie générale.

1893 — *6 mars. La Paix du ménage*, pièce en 2 actes, est créée à la Comédie-Française.
6 juillet. Mort de Maupassant. Il est enterré le 8 au cimetière Montparnasse.

NOTICE

Lorsqu'on observe la production de Maupassant durant l'année 1887, celle où parut en périodique *Le Rosier de Madame Husson*, on est frappé par une relative diminution du nombre des nouvelles : une quinzaine environ. On est évidement tenté d'attribuer ce fléchissement au progrès de la maladie dont le romancier est atteint. Or, il n'en est rien. S'il est vrai qu'on note, durant cette période, un accroissement de la susceptibilité, de l'irritation et du sentiment de la persécution (dont ses éditeurs feront, en particulier, les frais), les symptômes physiques du mal n'évoluent pas sensiblement comme l'a montré le docteur Wilhelm Lange. Une confirmation est apportée par l'écrivain Paul Alexis dans une lettre qu'il adresse à Zola le 9 mai 1887 : « rencontré sur le Boulevard, Maupassant. Très bien portant, très affable ». Maupassant travaille beaucoup, en effet, et se dépense considérablement : canotages du côté de Chatou, travaux dans sa maison d'Étretat, projets de voyage, participation à la vie parisienne. On a l'impression qu'il est partout à la fois, ce qui ne l'empêche pas d'écrire : il vient de publier *Mont-Oriol* et une seconde édition des *Contes de la Bécasse*, il prépare *Pierre et Jean*. Si les nouvelles chôment, ce n'est pas incapacité, c'est désintérêt. Il semble en effet que, pour un temps au moins, il se déprenne d'un genre qui avait assuré son succès, mais dont il perçoit les limites et dont il se sent prisonnier. Il réfléchit à une formule qui serait intermédiaire entre le roman et le récit court ; il la réalisera avec *Pierre et Jean* ou *Le Champ d'oliviers*. *Le Rosier de Madame Husson*, s'il reste d'une longueur modeste, n'en échappe pas moins à la concentration traditionnelle de la nouvelle par la multiplicité des points de vue, l'extension et l'efflorescence de récits annexes en marge de l'histoire principale. C'est un raccourci de roman.

Il est vrai que, sur un tel sujet, Maupassant n'avait guère de peine à laisser aller son imagination. Il se plaçait d'emblée en pays normand : tout alors suivait presque de soi. Il suffisait d'une incitation pour que l'histoire se déroulât, aussi simplement que le cycle des pommes sur un pommier. La petite chiquenaude initiale lui a été fournie, nous dit-on, par son ami Charles Lapierre dont il est justement question dans la nouvelle. Directeur d'un quotidien rouennais, il était bien placé pour être au fait des potins et anecdotes susceptibles d'exciter l'intérêt et la verve d'un romancier : c'est lui, rapporte Robert Pinchon, qui, outre le motif du présent conte, aurait founi à Maupassant l'argument de *La Maison Tellier* et de *Ce cochon de Morin*. Soit.

Le récit qui, d'après Charles Lapierre lui-même, se serait d'abord intitulé *Un bienfait n'est jamais perdu*, fut écrit durant le printemps de 1887 et publié, le 15 juin, dans *La Nouvelle Revue*. Ce périodique fondé en 1879 affiche des tendances antiallemandes et nationalistes et ambitionne de se situer sur le terrain de la déjà vénérable *Revue des Deux Mondes*. Depuis 1881, Maupassant publiait de loin en loin dans *La Nouvelle Revue ;* en 1887, sa collaboration va se faire plus active puisqu'il lui donne, successivement, *Le Vagabond*, *Le Rosier de Madame Husson* et *Pierre et Jean*.

Bien entendu, l'auteur envisage une publication en librairie. Ses éditeurs attitrés étaient Ollendorff et Havard entre lesquels il prenait soin de ménager une savante concurrence. On s'attendait à ce qu'il allât vers l'un d'eux. Ce fut un troisième qui survint. Il y a lieu de penser que, ainsi que le montre sa correspondance, peu satisfait des ventes, pourtant correctes, réalisées par ses volumes, il forma le dessein de donner un coup de semonce à ses deux éditeurs à la fois en faisant intervenir un tiers larron. Il s'agissait de la librairie Quantin représentée par George May que Goncourt juge comme une espèce de négociant subalterne. Sa maison d'édition s'était pourtant spécialisée avec succès dans le livre d'art. C'est en 1883, et par l'intermédiaire de Paul Bourget, que Maupassant était entré en relation avec Quantin en vue d'une étude sur Émile Zola qui parut en effet cette année-là. Il renoua les relations dans la fin de 1886, sur l'initiative de l'éditeur lui-même. Il s'ensuivit une convention de principe où il est question du montant des droits, d'un projet de livre intitulé *Deux îles* (Un recueil d'impressions de voyage) et de publication de nouvelles ou de reédition de romans en édition de luxe. Les témoignages font défaut pour préciser ce qui se passa entre les deux parties durant les mois qui suivirent. Toutefois, Maupassant ayant avisé Quantin de la publication du *Rosier de Madame Husson* en revue, les projets prennent rapidement corps : une édition illustrée, limitée à la seule nouvelle. Battant le fer tant qu'il est chaud, George May décide au cours de l'été de doubler la publication séparée du *Rosier* par une seconde, plus importante, qui contiendrait à la fois cette nouvelle plus quelques autres. Et de mener l'opération bon train, à la stupéfaction de Maupassant qui lui écrit : « Je ne pensais que vous eussiez besoin tout de suite des nouvelles qui compléteront le volume puisque celle qui paraît en tête doit être publiée par vous isolément auparavant. Je veux parler du *Rosier de Madame Husson*. Quant aux autres, prenez d'abord tous les contes contenus dans le *Nouveau Décaméron [...]* Je vais vous en envoyer encore six, qui vous feront le volume complet ». Cela se passait en septembre 1887.

Le Nouveau Décaméron — précieux vivier ! — était le titre général (selon la fiction de Boccace) d'une suite de volumes, recueils collectifs de nouvelles signées de divers écrivains du temps, dont Maupassant. L'édition séparée du *Rosier de Madame Husson*, parut à la fin du mois de mars 1888[1]. C'était, illustré par Dys et Mesplès, un élégant in-quarto de 38 pages tiré à 1050 exemplaires ; on en connaît un qui se trouve, en outre, enrichi d'un dessin original de Ferdinand Bac, daté de 1887 et représentant « Guy de Maupassant chez la Princesse Mathilde à Saint-Gratien ».

Dès le mois d'avril 1888, Maupassant reçoit et corrige les épreuves des nouvelles du recueil collectif projeté depuis la fin de l'année précédente. Nouvelle surprise ! Certains textes font doublon, il s'en étonne (lettre d'avril 1888) :

« Dans les dernières épreuves reçues, je trouve une de mes nouvelles intitulée *Châli* qui appartient à Ollendorff et qui a paru dans les *Sœurs Rondoli*. Où l'avez-vous trouvée ? Il me paraît impossible que le *Décaméron* ait publié *Châli* puisque je lui avais donné dix nouvelles non reproduites. En tout cas nous n'avons pas le droit de publier cette nouvelle.

« Encore une ! *L'Épingle*, qui est dans *Monsieur Parent*. Qu'est-ce que cela veut dire ? Il faut que le *Décaméron* ait perdu les nouvelles données par moi et en ait d'autres dans mes volumes. »

Les deux nouvelles incriminées figurent bien dans *Le Nouveau Décaméron* : Maupassant possède, on le voit, une belle indifférence ou un beau désordre à l'égard de ses productions. Il prit cependant des dispositions dont une lettre de mai 1888 nous donne le détail :

« Je vous envoie mes épreuves corrigées, plus un conte intitulé *Divorce*. Vous trouverez *L'Odyssée d'une Fille* dans le sixième volume du *Décaméron*. Voilà donc le volume complet.

« Une chose m'embarrasse à présent. Comme je ne recevais plus rien de vous et comme je vous avais prévenu que j'étais pressé de paraître, j'ai dû, pour ne pas perdre mon printemps, donner un volume à Ollendorff, volume qui sera en vente dans 8 jours. Or le volume de Marpon, retardé aussi à cause du vôtre qui n'est pas prêt, paraîtra le 30 juin. Voyez si vous pouvez paraître entre ces deux volumes. Celui de Marpon est important et vous coupera la vente. »

Les volumes auxquels Maupassant fait allusion sont une réimpression augmentée de *Clair de lune*, chez Ollendorff ; et, chez Marpon et

1. L'achevé d'imprimer est du 28. Mention dans la *Bibliographie de la France* le 28 avril 1888.

Flammarion, *Sur l'eau.* La lettre que nous venons de citer montre d'une part que la composition du *Rosier de Madame Husson* est restée très ouverte et très aléatoire jusqu'au dernier moment, d'autre part que l'écrivain était fort attentif aux opportunités saisonnières et au profit qu'on pouvait en espérer. Finalement, le recueil parut en octobre 1888. Il est signalé à la *Bibliographie de la France* le 20. A cette date, Maupassant est en cure à Aix-les-Bains, ce qui l'empêche de signer un service de presse aussi important que celui auquel il est accoutumé (140 ou 150 exemplaires). Les volumes dédicacés allèrent aux amis proches ou aux chroniqueurs sûrs : Gustave Toudouze, Henry Cazalis, Robert Pinchon, Paul Ginisty.

A voir la façon dont le recueil a été composé par Maupassant on peut se poser une question de cohérence. A vrai dire, elle n'est ni plus ni moins grande que pour d'autres volumes de nouvelles. Comme le disait l'auteur lui-même, il ne prenait guère de précautions architecturales : pour constituer un volume il « vidait son sac » des plus récentes chroniques, plaçant au début la plus attirante ou la plus longue, celle qui allait donner son nom au volume entier. Il n'y a donc pas lieu de chercher ici une évolution quelconque de la pensée, non plus que quelque plan rigoureux ; tout au plus, Maupassant ménage-t-il une certaine alternance entre les histoires dramatiques et les aventures comiques. Il faut cependant ajouter deux remarques. La première est que la publication en revue des quatorze nouvelles retenues s'échelonne sur un assez long — cinq ans — espace de temps qui va du 10 juillet 1883 (« La Fenêtre ») au 21 février 1888 (« Divorce »). La chose est assez peu fréquente pour être notée ; elle confirme la difficulté qu'a éprouvée Maupassant à retrouver des nouvelles publiables à un moment où, justement, il délaisse quelque peu ce genre. Mais cet étalement dans la durée comporte un intérêt pour nous celui de faire apparaître des constantes de l'imaginaire et de la philosophie de Maupassant, des recherches d'écriture aussi, que j'ai essayé de marquer dans l'introduction de ce volume. La seconde observation tend à nuancer l'hétérogénéité du volume. Ce dernier comporte, en effet, une certaine unité de ton — moins visible dans d'autres recueils — où l'ironie domine, associée à une certaine grivoiserie. Cela tient au public auquel ces textes ont été primitivement destinés. A deux exceptions près (« Le Modèle » et « Le Rosier de Madame Husson »... qui est l'exception d'une exception !), ils ont paru dans *Gil Blas*, quotidien littérairement très soigné, mais assez ouvert aux sujets légers et frivoles. Cela explique certaines audaces de Maupassant, et leur constance.

Bien que l'écrivain ait prétendu, contre toute vérité, ne s'occuper « jamais de la question articles et réclame », il demeura attentif à l'accueil réservé à son livre. Il fut bon. Paul Ginisty (*Gil Blas*, 20 avril 1888) résume le ton général de la presse en parlant d' « ironique et plaisante nouvelle », en y voyant « une bouffonne évocation d'un coin de vie provinciale ».

Le Rosier de Madame Husson a inspiré plusieurs fois les cinéastes : Bernard Deschamps (1932, avec Fernandel) ; Jean Boyer (1950, avec Bourvil dans une adaptation de Marcel Pagnol). « Le Modèle » est l'un des trois sketches du film *Le Plaisir* de Max Ophuls (1952).

Une opérette a été tirée du *Rosier de Madame Husson* (adaptation de Louis Verneuil, musique d'Oberfeld, 1937).

Un manuscrit du conte qui donne son titre au recueil est conservé à la Fondation Bodmer, à Genève.

BIBLIOGRAPHIE

I. ÉDITIONS ORIGINALES

Le Rosier de Madame Husson. Illustrations par Habert Dys. Eaux-fortes de E. Abot, d'après Desprès, Paris, Maison Quantin, 1888, in-4°, 38 p.

Le Rosier de Madame Husson. Paris, Librairie moderne, Maison Quantin, 1888, in-18, 312 p.

C'est le texte de cette dernière édition que nous suivons.

II. ÉDITIONS RÉCENTES

MAUPASSANT, *Contes et nouvelles,* préface par Armand Lanoux ; introduction, chronologie, avertissement, notices, notes et variantes par Louis Forestier, bibl. de la Pléiade, Gallimard, 2 vol. (tirages revus et corrigés, 1985 et 1988).

MAUPASSANT, *Romans,* préface, bibliographie, notices, notes et variantes par Louis Forestier, bibl. de la Pléiade, Gallimard (2e édition revue, 1988).

MAUPASSANT, *Chroniques,* préface d'Hubert Juin, U.G.E., coll. 10/18, 3 vol., 1980.

III. TRAVAUX CRITIQUES

ARTINIAN (Robert W.), *La Technique descriptive chez Guy de Maupassant,* St-Pieters-Kapelle (Belgique) ; Lettera Amorosa, 1973.

BESNARD-COURSODON (Micheline), *Étude thématique et structurale de l'œuvre de Maupassant : le piège,* Nizet, 1973.

BONNEFIS (Philippe), *Comme... Maupassant,* Presses Universitaires de Lille, 1981.

BUTLER (Anthony S. G.), *Les Parlers dialectaux et populaires dans l'œuvre de Guy de Maupassant,* Genève, Droz, 1962.

Castella (Charles), *Structures romanesques et vision sociale chez Guy de Maupassant*, Lausanne, L'Âge d'homme, 1972.

Cogny (Pierre), *Maupassant l'homme sans Dieu*, Bruxelles, La Renaissance du Livre, 1968.

Cogny (Pierre), « La Structure de la farce chez Guy de Maupassant », *Europe*, juin 1968.

Delaisement (Gérard), « De l'utilisation d'un fait divers dans quelques contes de Maupassant », *Le Bel Ami*, n° 7.

Delaisement (Gérard), *Guy de Maupassant, le témoin, l'homme, le critique*, C.R.D.P. d'Orléans-Tours, 2 vol., 1984.

Delaisement (Gérard), « Maupassant et la tentation du théâtre », *Le Bel Ami*, n° 5-6.

Forestier (Louis), « Le Rire dans quelques contes normands de Maupassant », colloque *Eugène Labiche et le rire au* XIX*e* *siècle*, Société des Études romantiques, Paris, 1988.

Jennings (Chantal), « La Dualité de Maupassant : son attitude envers la femme », *Revue des Sciences humaines*, oct.-déc. 1970.

Lanoux (Armand), *Maupassant le Bel-Ami*, nlle édition, Le Livre de Poche, 1983.

Lartigue (Pierre), *Technique du conte et anticonformisme chez Guy de Maupassant*, thèse de 3e cycle, dactylographiée, Aix, 1967.

Lemoine (Fernand), « Pays et paysans cauchois peints par Maupassant », *Revue de Psychologie des Peuples*, 1951.

Le Sidaner (Louis), « Les Opinions de Guy de Maupassant », *Europe*, juin 1968.

Maupassant. Miroir de la nouvelle, actes du colloque de Cérisy, textes réunis par Jacques Lecarme et Bruno Vercier, Presses Universitaires de Vincennes, 1988.

Le Naturalisme, colloque de Cérisy, U.G.E., coll. 10/18, 1978.

Maynial (Édouard), « Maupassant et la Normandie », *Cahiers de l'Association Internationale des Études Françaises*, n° 6, 1954.

Pierrot (Jean), « Espace et mouvement dans les récits de Maupassant », *Flaubert et Maupassant écrivains normands*, publication de l'Université de Rouen, P.U.F., 1981.

Pouchain (Gérard), *Promenades en Normandie avec un guide nommé Maupassant*, Condé-sur-Noireau, éd. Charles Corlet, 1986.

Ritchie (Adrian C.), « Religion et foi dans l'œuvre de Guy de Maupassant », *Les Amis de Flaubert*, n° 63, déc. 1983.

Rossat-Mignot (Suzanne), « Maupassant et les paysans normands » *La Pensée*, n° 150, avril 1970.

Schmidt (Albert-Marie), *Maupassant*, coll. Les Écrivains de toujours, Le Seuil, nlle édition, 1976.

Schöne (Maurice), « La Langue et le style de Maupassant », *Le Français moderne*, avril et juin 1941.

TADROS (Georgette), *Guy de Maupassant amateur d'art,* thèse d'Université, dactylographiée, Paris, 1968.

THORAVAL (Jean), *L'Art de Maupassant d'après ses variantes,* Imprimerie Nationale, 1950.

VIAL (André), *Faits et significations,* Nizet, 1973.

VIAL (André), *Guy de Maupassant et l'art du roman,* Nizet, 1954.

VINOT PRÉFONTAINE (Jean), « Sur le *Rosier de Madame Husson* », *Les Amis de Flaubert,* n° 29, déc. 1966.

WILLI (Kurt), *Déterminisme et liberté chez Guy de Maupassant,* Zurich, Juris-Verlag, 1972.

NOTES

LE ROSIER DE MADAME HUSSON

Page 33.

1. Avant d'ouvrir le recueil auquel il donne son titre, *Le Rosier de Madame Husson* a connu plusieurs publications antérieures, comme nous l'avons dit dans la notice ci-dessus. Il a d'abord été publié, le 15 juin 1887, dans *La Nouvelle Revue*, dirigée par Juliette Adam qui visait un public mondain et lettré ; ses sympathies n'allaient guère au naturalisme : c'est dire quelle distance Maupassant avait prise avec ce mouvement, si tant est qu'il y ait jamais profondément adhéré. En mars 1888, la nouvelle fit l'objet d'une publication séparée avec des illustrations de Dys et des eaux-fortes d'E. Abot d'après Desprès.

2. Ce paragraphe anticipe un célèbre développement de *La Bête humaine* (Zola, *Les Rougon-Macquart*, bibl. de la Pléiade, t. IV, p. 1260-1261). Le roman ne parut qu'en 1889, mais l'écrivain songeait depuis longtemps à son livre sur les chemins de fer : Maupassant pouvait en avoir eu vent. Au demeurant, l'image de la locomotive éventrée hantait les esprits depuis le dramatique accident de Cabbé-Roquebrune : deux trains s'étaient jeté l'un sur l'autre entre Nice et Menton, le 11 mars 1886.

Page 35.

3. Hasard ou allusion malicieuse ? la truite était une spécialité de Gisors.

4. Lucullus : général romain resté célèbre pour le luxe de sa table. Avec une ironie qui tient à la disproportion entre les termes comparés, Maupassant oppose la vanité des satisfactions matérielles à l'orgueil des plaisirs de l'esprit.

5. *Maqueux :* goinfres (du verbe *maquer* qui signifie *manger* en patois normand).

Page 37.

6. La statue du général de Blanmont (1770-1846), natif de Gisors, avait été inaugurée en 1851.

7. Le docteur Marambot est bien un pur représentant des « orgueilleux de Gisors » : il exagère l'ancienneté d'une forteresse dont la construction ne commença qu'en 1097. Une variante de la préoriginale écrivait plus justement : *du XIIe siècle.*

8. Le nombre d'habitants est exactement évalué ; en revanche, la référence à César et l'étymologie sont suspectes.

Page 38.

9. Sous couvert d'une histoire des mentalités, Maupassant se livre à des observations d'intérêt plus particulier : d'abord, une affirmation de « normandisme » qui pourrait bien le concerner personnellement ; ensuite, une proclamation d'esprit revanchard et une hostilité à l'égard de l'Allemagne et de l'Angleterre qu'il ne faut pas entièrement porter au compte de l'auteur, mais à celui de ses contemporains. C'est l'époque où triomphe le système de Bismarck dont le but, alors parfaitement atteint, était d'isoler la France de l'Europe. Il est juste d'ajouter, cependant, que la peinture des Anglais n'est pas toujours sympathique dans les contes de Maupassant.

10. Il ne semble pas que Maupassant cite des titres authentiques. Il en a forgé le libellé par analogie avec des formulations que la vogue de l'histoire locale rendait courante alors. Parmi les ouvrages que l'écrivain a pu réellement connaître, les plus récents étaient celui d'Hersan (*Histoire de Gisors,* 1858) et le *Journal d'un bourgeois de Gisors* (1878).

Page 39.

11. Comme on le voit, les gloires de Gisors sont loin d'être toutes passées à la postérité ! Jean-Charles Davillier (1823-1883), voyageur, collectionneur, est aussi l'auteur d'ouvrages sur Gisors. Charles Brainne (1825-1864), normalien, chroniqueur spirituel, et Charles Lapierre (1828-1893), qui dirigeait effectivement *Le Nouvelliste de Rouen,* étaient grands amis de Flaubert : clin d'œil de Maupassant qui doit, dit-on, au second des personnages cités le sujet du *Rosier de Madame Husson* et de quelques autres nouvelles.

Page 40.

12. Plusieurs critiques ont fait observer la récurrence, chez Maupassant, de ce couple maîtresse-servante : « Pierrot », *Une Vie,* etc. Il n'est pas sans rappeler le couple Mme Aubain-Félicité dans « Un cœur simple » de Flaubert.

13. Si l'on rapporte à leur prix au kilo la valeur des denrées achetées par Françoise, on observe que Mme Husson se nourrit avec une grande parcimonie.

Page 41.

14. *S'a dérangé :* forme populaire de conjugaison. Le sens est : se détourner de la bonne voie, adopter une conduite contraire à celle d'une « jeune fille rangée ». Plus bas, *fil* signifie *fils* (enfant).

15. Le « livre de cuisine » de Françoise, qui est au plein sens du terme un *livre de raison* (journal où l'on « inscrivait, avec ses comptes, les événements tels que naissances, mariages, etc., et ses propres réflexions » dit le Dictionnaire de l'Académie) devient, comiquement et paradoxalement, un livre de déraison.

Page 42.

16. Le génie inventif de Maupassant se plaît à créer, avec une verve comique, des instruments scientifiques approximatifs : ici, un homme-thermomètre ; ailleurs, un saoulomètre (« Un Normand », dans les *Contes de la Bécasse*) !

Page 43.

17. L'institution des Rosières remonterait, dit-on, à saint Médard. Quoi qu'il en soit, cette pratique était encore vivace au XIXe siècle : on couronnait des Rosières à Suresnes, Nanterre ou Saint-Denis. Cet honneur rendu à la virginité suscitait, par contrecoup, la verve gauloise des chansonniers. Apparemment, les filles de Gisors ne font pas mentir le propos de l'abbé Picot dans *Une Vie :* « la fleur d'oranger ne vaut pas cher dans le pays. » (Maupassant, *Romans*, bibl. de la Pléiade, p. 134).

18. Notation exacte : on fêtait l'Empereur le 15 août ; le cocasse tient dans sa mise sur pied d'égalité avec la Vierge Marie.

19. Cette Dauphine était, en réalité, Marie-Josèphe de Saxe, épouse en secondes noces de Louis, dauphin de France, fils de Louis XV ; il mourut en 1765. La Dauphine passa à Gisors en 1744 et la rue qui porte son nom se trouve derrière l'église.

Page 44.

20. Coïncidence ou propos délibéré ? Maupassant entretenait des relations d'intime sensualité avec une jeune femme, Gisèle d'Estoc, dont le véritable nom était *Desbarres*.

Page 47.

21. La longueur légendaire du banquet normand a été illustrée par Flaubert, dans *Madame Bovary*, et par Maupassant lui-même dans *Une Vie*.

Page 48.

22. Maupassant se plaît à parodier un style lyrico-épique où se bousculent les paraphrases homériques et les antithèses à la Hugo.

Page 49.

23. *Pharmacie Boncheval :* qu'un vendeur de remèdes s'appelle Boncheval tient de la plaisanterie.

Page 51.

24. Je ne sais si Henry Monnier (1805-1877) fut adepte de la pêche. En tout cas, il exécrait la médiocrité qu'il a caricaturée dans le personnage de Joseph Prudhomme. Maupassant, de son côté, tenait la pêche à la ligne pour le passe-temps bourgeois par excellence (voir *Les Dimanches d'un bourgeois de Paris*, éd. Louis Forestier, C.D.U.-S.E.D.E.S., 1988).

Page 52.

25. Il s'agit vraisemblablement de l'acteur Bouffé (1800-1888) fils d'un peintre-décorateur, et qui débuta dans la bijouterie.

UN ÉCHEC

Page 53.

1. Ce conte a paru dans *Gil Blas* du 16 juin 1885. Il a figuré dans des recueils collectifs : *Contes de Gil Blas*, volume II (1886) et *Le Nouveau Décaméron* (9e journée, 1887). Le canevas de ce conte avait été indiqué dans *Bel-Ami* (Ire partie, chap. III, bibl. de la Pléiade, p. 231).

Page 54.

2. *L'Écho de Paris*, fondé en 1884, se proposait de concurrencer *Gil Blas* sur le même terrain des échos, potins, nouvelles parisiennes. La jeune femme, on le voit, n'est pas bégueule.

Aurélien Scholl était rédacteur en chef de ce journal. Il passait pour un esprit sceptique et railleur (1833-1902).

3. *La Chanson d'amour* a paru en 1885. Ni l'œuvre, ni l'auteur n'ont atteint la notoriété : Maupassant fait probablement une citation de complaisance.

Page 56.

4. Maupassant énumère en vrac des célébrités fort diverses. Plusieurs d'entre elles — musicien, dramaturge ou romanciers — n'ont pas besoin d'être présentées : Gounod, Sardou, Daudet, Zola ou Bourget (*Cruelle énigme* venait de paraître). Grévin était dessinateur ; il avait ouvert en 1882 le musée qui porte son nom (1827-1892) ; on connaît deux Coquelin, tous deux comédiens ; Maupassant vise probablement l'aîné, Constant (1841-1909) dont les démêlés avec le Français défrayaient alors la chronique. Jacques Damala (1854-1889), acteur

médiocre, avait stupéfait l'opinion en épousant Sarah Bernhardt en 1882. Rochefort (1831-1913), le pamphlétaire bien connu, dénonçait alors les spéculations coloniales au Tonkin ; il allait devenir député de Paris en 1885. Paul de Cassagnac, enfin (1843-1904), homme politique et journaliste, défenseur de la droite bonapartiste ; il était célèbre par le nombre de ses duels.

Page 58.

5. Maupassant a visité la Corse en 1880 : l'évocation de ses paysages tient une grande place dans son œuvre. Dans l'imaginaire de l'écrivain, cette île est associée à la sensation de bonheur (amoureux en particulier).

Page 61.

6. Dans *Gil Blas*, le conte se terminait par cette question : « Assurément, j'avais commis une faute de tactique ou de tact. Mais laquelle ?... »

ENRAGÉE ?

Page 63.

1. Ce conte a paru dans *Gil Blas* du 7 août 1883 sous le pseudonyme de Maufrigneuse. En 1884, il a figuré dans *Le Nouveau Décaméron* (1re journée).

2. Le livre de la comtesse de Martel — Gyp en littérature (1850-1932) —, *Autour du mariage*, venait juste de paraître. Il fut suivi, en 1886, par *Autour du divorce*.

Page 67.

3. *Pourville :* petit bourg à 5 kilomètres à l'ouest de Dieppe.

Page 70.

4. Maupassant n'épargne pas aux lecteurs de *Gil Blas*, qui n'en sont pas à ça près, un calembour qui tient de la gaudriole plus que de la bienséance que, pour être vraisemblable, un médecin doit garder envers une jeune femme de la bonne société.

LE MODÈLE

Page 73.

1. Ce conte parut dans *Le Gaulois* du 17 décembre 1883.

2. Suite de notations impressionnistes qui évoquent des tableaux d'Eugène Boudin ou Claude Monet. On comparera ce début à une

chronique de Maupassant, « Étretat », parue dans *Le Gaulois* du 10 août 1880 (coll. 10/18, tome I, p. 45).

Page 74.

3. L'expression « vieilles maîtresses » peut, à la rigueur, évoquer le titre d'un roman de Barbey d'Aurevilly. Quant à faire épouser leur maîtresse par les peintres, c'est un poncif du roman naturaliste (voir Goncourt, *Manette Salomon,* Zola, *L'Œuvre,* etc.).

4. *Les Femmes d'artistes :* recueil de nouvelles, de tonalité pessimiste, publié par Daudet en 1874 (une seconde édition allait paraître en 1885).

Page 75.

5. Le titre d'un roman de Bourget (*Cruelle énigme,* 1885 : voir « Un échec », note 4) se trouve comme annoncé par cette fin de phrase.

Page 76.

6. *Andrésy :* petite commune des Yvelines, sur la Seine, proche de Versailles ; le site a inspiré Berthe Morisot. La retraite champêtre d'un couple artiste est un autre poncif du roman naturaliste. Le texte original porte *Andressy :* nous avons modernisé l'orthographe.

7. *Émiettait :* ce verbe traduit de façon heureuse et juste un procédé de la peinture impressionniste.

Page 77.

8. Ce vers est extrait de la célèbre « valse de Grenicheux » des *Cloches de Corneville,* opérette à succès de Planquette (1877).

LA BARONNE

Page 81.

1. Publié dans *Gil Blas* du 17 mai 1887.

2. Maupassant a toujours manifesté pour les objets d'art et de curiosité un goût que Goncourt, pour sa part, jugeait détestable. On peut en débattre. En tout cas, ce penchant est à la source de plusieurs contes (« Une aventure parisienne » notamment) et de plusieurs passages de romans (*Une Vie, Bel-Ami*).

Page 82.

3. *La baronne Samoris :* en voilà une qui a du passé ! littéraire j'entends. Elle sort, en droite ligne, de deux nouvelles antérieures de Maupassant : « Yveline Samoris » et « Yvette ».

Page 83.

4. Il y a, dans cette phrase, quelques allusions très précises pour le lecteur de 1887. La situation politique était instable : le ministère Goblet tombait le lendemain de la publication de ce récit, ouvrant la crise boulangiste ; en avril, l'affaire Schnoebelé avait failli susciter un conflit avec l'Allemagne ; enfin, en ce milieu de mai, la Bourse accusait de fortes baisses.

Page 84.

5. *Baron de Saint-Hospital :* c'est vouloir ironiser que d'envoyer chez une soi-disant miséreuse un visiteur ainsi nommé.

UNE VENTE

Page 87.

1. A paru pour la première fois dans *Gil Blas* (22 février 1884) sous le pseudonyme Maufrigneuse ; a figuré, en 1885, dans la 4e journée du *Nouveau Décaméron.*

2. *Cacheville-la-Goupil :* nom imaginaire. *Criquetot* est un village entre Fécamp et Le Havre.

3. Instrument à vent, de forme ondulée, en usage autrefois dans les églises et dont le son imite celui de l'orgue.

Page 88.

4. *Malicieux :* mal intentionnés (sens péjoratif).

Page 89.

5. *Caraco :* corsage droit à manches, qui se porte par-dessus la jupe. Plus haut, *débiller* signifie *déshabiller* (patois normand).

Page 90.

6. *Eune peurance :* un sentiment de crainte (patois normand).

7. *J'ai pu rien :* Je n'ai plus rien à dire.

Page 91.

8. *Fil-en-dix :* terme familier pour désigner une eau-de-vie supérieure, très forte.

9. *Toisés :* ivres.

10. *A brûle tout le foin :* à peu près pour *à brûle-pourpoint.*

Page 93.

11. *Ils nous sacréandent, ils nous carottent :* ils nous appréhendent, ils nous garottent.

L'ASSASSIN

Page 95.

1. A paru dans *Gil Blas* du 1er novembre 1887.

LA MARTINE

Page 101.

1. A paru dans *Gil Blas* du 11 septembre 1883, sous le pseudonyme de Maufrigneuse.
2. La phrase est volontairement tournée de telle sorte que Maupassant parle de ce qu'on saura être l'amour comme on le ferait de l'apparition d'une maladie.
3. De même, à la fin de *Bel-Ami*, Duroy songe avec sensualité à la blonde Mme de Marelle « par l'éclatant soleil [...] rajustant en face de la glace les petits cheveux frisés de ses tempes. »

Page 102.

4. *Goujat :* jeune domestique subalterne commis à la garde des bêtes (sans nuance péjorative).
5. *Remuer :* changer de place (patois normand).

UNE SOIRÉE

Page 109.

1. A paru dans *Gil Blas* du 29 mars 1887.

Page 111.

2. Maupassant a fait deux voyages en Bretagne, en 1879 et 1882. Il en a tiré des chroniques dont l'essentiel se retrouve dans *Au Soleil* (1888).

Page 113.

3. *Demi-messieurs :* terme amusant, calqué sur *demi-mondaine*, qui exprime une respectabilité de façade.

Page 115.

4. *Poudrederizé :* terme parfaitement attesté à l'époque, bien qu'on dît, plus fréquemment et plus simplement, *poudrerizé*.

LA CONFESSION

Page 117.

1. A paru dans *Gil Blas* du 12 août 1884.

2. L'héroïne du conte porte le même prénom que la fille de Mme de Marelle dans *Bel-Ami* (Maupassant travaille alors à ce roman) ; Mme de Fontenne est en femme ce que semble devoir devenir la fillette du roman.

Page 119.

3. *Mon gros chat :* Maupassant n'est pas tendre pour ces cajoleries verbales ; voir la diatribe qu'elles lui inspirent dans « Mots d'amour » (recueilli dans *Mademoiselle Fifi*).

DIVORCE

Page 125.

1. A paru dans *Gil Blas* du 21 février 1888. Le divorce fut rétabli par la loi Naquet en 1884.

Page 134.

2. *Cours-la-Reine :* cette promenade, comme la gare Saint-Sever, se trouvait sur la rive gauche de Rouen.

LA REVANCHE

Page 135.

1. A paru dans *Gil Blas* le 18 novembre 1884 ; a figuré aussi dans *Le Nouveau Décaméron* (7e journée, 1886). Le titre est une véritable provocation : c'est Déroulède et ses partisans de la Ligue des Patriotes (fondée en 1882) qui prônaient « la revanche » sur l'Allemagne.

2. *Naquet :* homme politique (1834-1916), voir « Divorce », note 1.

Page 137.

3. *Gil Blas :* Maupassant collaborait régulièrement à ce quotidien fondé en 1879 par A. Dumont. Fier d'une prestigieuse équipe de rédaction, il définissait ainsi son programme : « Amuser les gens qui passent, leur plaire aujourd'hui et recommencer demain. » Il ne reculait pas devant les sujets licencieux.

Page 140.

4. Maupassant peut évoquer, avec cette phrase, soit un célèbre conte de Boccace, soit *George Dandin* de Molière.

L'ODYSSÉE D'UNE FILLE

Page 147.

1. A paru dans *Gil Blas* du 25 septembre 1883, sous le pseudonyme de Maufrigneuse ; a également figuré, en 1886, dans la 6e journée du *Nouveau Décaméron.*

2. Le théâtre du Vaudeville avait été reconstruit sur le boulevard des Capucines en 1869 ; environ vingt ans plus tard, en 1888, *La Paix du ménage,* pièce de Maupassant, y fut reçue, mais ne fut jamais jouée. Le trajet que suit le narrateur est le plus parisien qui soit : les Boulevards dans leur portion la plus animée, du carrefour Drouot à la Madeleine. C'est là que se situe aussi le début de *Bel-Ami.*

Page 149.

3. *Je quittais :* je laissais.

Page 150.

4. *Barantin* (la bonne orthographe serait *Barentin*) est à mi-chemin entre Yvetot et Rouen.

LA FENÊTRE

Page 155.

1. A paru dans *Gil Blas* du 10 juillet 1883 sous le pseudonyme de Maufrigneuse ; se trouve également dans *Le Nouveau Décaméron* (3e journée, 1885).

2. *Mme de Jadelle :* il suffira de peu pour que, en 1885 dans *Bel-Ami,* ce nom se transforme en *de Marelle.*

3. Cette phrase correspond tout à fait au caractère de Mme de Marelle dans *Bel-Ami.*

Page 156.

4. C'est également le 10 mai que, dans *Bel-Ami,* Duroy et Madeleine partirent pour Canteleu. Simple coïncidence probablement.

DOSSIER

DU MÊME AUTEUR

Dans la même collection

BEL-AMI. *Édition présentée et établie par Jean-Louis Bory.*

BOULE DE SUIF. *Édition présentée et établie par Louis Forestier.*

LA MAISON TELLIER. *Édition présentée et établie par Louis Forestier.*

UNE VIE. *Édition présentée par André Fermigier.*

MONT-ORIOL. *Édition présentée et établie par Marie-Claire Bancquart.*

MADEMOISELLE FIFI. *Édition présentée par Hubert Juin.*

MISS HARRIET. *Édition présentée par Dominique Fernandez.*

CONTES DE LA BÉCASSE. *Édition présentée par Hubert Juin.*

PIERRE ET JEAN. *Édition présentée et établie par Bernard Pingaud.*

FORT COMME LA MORT. *Édition présentée et établie par Gérard Delaisement.*

CONTES DU JOUR ET DE LA NUIT. *Édition présentée et établie par Pierre Reboul.*

LE HORLA. *Édition présentée par André Fermigier.*

LA PETITE ROQUE. *Édition présentée par André Fermigier.*

MONSIEUR PARENT. *Édition présentée par Claude Martin.*

TOINE. *Édition présentée et établie par Louis Forestier.*

SUR L'EAU. *Édition présentée et établie par Jacques Dupont.*

NOTRE CŒUR. *Édition présentée et établie par Marie-Claire Bancquart.*

L'INUTILE BEAUTE. *Édition présentée et établie par Claire Brunet.*

YVETTE. *Édition présentée et établie par Louis Forestier.*

CLAIR DE LUNE. *Édition présentée et établie par Marie-Claire Bancquart.*

Impression Bussière Camedan Imprimeries
à Saint-Amand (Cher),
le 3 septembre 1998.
Dépôt légal : septembre 1998.
1er dépôt légal dans la collection : avril 1990.
Numéro d'imprimeur : 984196/1.
ISBN 2-07-038243-5./Imprimé en France.

88324

COLLECTION FOLIO

Guy de Maupassant

Le Rosier de Madame Husson

Édition présentée
établie et annotée
par Louis Forestier
Professeur à la Sorbonne

Gallimard

pour E. C.

PRÉFACE
ou
UNE TACHE SUR LE VESTON DE COUTIL

Les choses ne sont pas ce qu'elles semblent. Un rosier peut en cacher un autre. La première qualité de ce livre est de mystifier le lecteur : il y a du piquant dans le titre, mais il ne vient pas de l'arbuste qu'on croit. Dans cette savoureuse histoire de chasteté récompensée, le rosier est un garçon et la fleur est d'oranger. Un beau charivari auquel Madame Husson et les habitants de Gisors assistent éberlués. Le projet de la respectable dame est des plus louables : honorer la continence, célébrer la tempérance est bien. L'ennui est que la réalisation n'est pas à la hauteur de l'espoir. En voulant magnifier des vertus gardiennes de l'ordre social, la trouvaille de Madame Husson provoque un désordre qui, loin de s'abolir comme Sartre l'affirme à propos du genre de la nouvelle, dure et s'augmente.

Le Rosier de Madame Husson, *plus et mieux que d'autres recueils, se gausse de ces tentatives hypocrites ou maladroites faites pour sauvegarder les apparences de la* vertu. *Le mot revient dans ces pages avec une fréquence notable ; un des personnages en vient même à affirmer qu'* « *il n'y a que les petites bourgeoises qui mènent une vie plate et monotone par respect de la vertu, d'une vertu dont personne ne leur sait gré* ». *Sans doute, même si Maupassant ne croit pas que la fleur d'oranger vaille grand-chose, on ne saurait confondre ses opinions avec celles des êtres de fiction qu'il met en scène. Son propos n'est pas de « saper la vertu » comme le fait le narrateur d' « Un échec » afin de vaincre les résistances d'une jolie femme. Cependant, il a réellement dessein de dénoncer des apparences trompeuses et des contraintes inutiles. Il a professé une horreur maladive pour tout ce qui enferme l'homme, que ce soit le brouillard matinal qui rend le paysage opaque ou les murs d'un asile d'aliénés dans lequel on cloître les esprits enténébrés : « Essayez de vous dégager de tout ce qui vous enferme, faites cet effort surhumain de sortir vivant de votre corps, de vos intérêts, de vos pensées, de l'humanité tout entière, pour regarder ailleurs. »*

Cette petite tache sur le vêtement de coutil dont on a revêtu « le rosier » n'est pas le symbole de la faute et du remords, comme celle dont Lady Macbeth ne saurait venir à bout même en employant tous les parfums de l'Arabie ; elle est la marque d'une transgression, dangereuse certes, mais où s'affirme une liberté de l'homme. Plus il avance dans son œuvre, plus Maupassant, tel Lucifer ou Sade, revendique le choix du mal pour ses personnages : le juge criminel d' « Un fou » et Moiron, l'instituteur assassin, le prouvent. Le Rosier de Madame Husson, *sous des apparences souriantes, célèbre toutes les libertés de l'homme : celle de devenir le parangon des ivrognes, comme celle d'aimer sans contraintes. La ruse de Maupassant est de paraître démontrer tout autre chose : les vertus de l'honnêteté. Aussi a-t-il choisi les narrateurs ou héros de ses histoires dans les milieux où cette qualité est le plus prisée, à défaut d'y être le mieux pratiquée. Jamais la parole n'a été aussi bien donnée aux gardiens des principes : officiers, clergé, magistrats. Images de l'ordre et de la rigueur, ils serviront, malgré eux, de repoussoir aux désordres qui s'engendrent dans leur entourage, et dont une des causes principales est l'argent.*

Ici, tout s'achète : un objet d'art en même temps qu'une baronne, une paysanne — au litre ! —, une fille ou la complicité d'une soubrette. Les vraies valeurs, pour certains personnages, sont celles qu'on estime en titres et louis d'or. Et c'est l'argent aussi qui pervertit Isidore, le malheureux « rosier » ; car rien ne serait arrivé si, outre un banquet qui éveille ses sens, on ne lui avait donné 500 francs, somme considérable à l'époque. Il est là, ce capital, sonnant et trébuchant, dans sa tentante matérialité :

« Il versa les louis sur le comptoir et les étala d'une lente caresse de sa main grande ouverte pour les voir tous en même temps. Il y en avait vingt-cinq, vingt-cinq pièces rondes, en or ! toutes en or ! Elles brillaient sur le bois, dans l'ombre épaissie, et il les comptait et les recomptait. »

L'or est en mouvement. Il ne s'arrêtera plus. L'une des idées de Maupassant, comme de Zola, est que l'argent est fait pour circuler, non pour dormir. Sur cette conviction, Mouret édifie l'empire que constitue Au Bonheur des Dames*; c'est animé de la même foi qu'Andermatt, le banquier de* Mont-Oriol*, se lance dans la bataille financière : « Moi, je vois les pièces de cent sous comme de petits troupiers en culotte rouge, les pièces de vingt francs comme des lieutenants bien luisants, les billets de cent francs comme des capitaines, et ceux de mille comme des généraux. Et je me bats, sacrebleu ! » Aussi peut-on assimiler ce personnage à « une étrange machine humaine construite uniquement pour calculer, agiter, manipuler mentalement de l'argent ». La monnaie doit se faire productrice : les personnages de Maupassant le sentent fort bien, « le rosier » tout le premier qui se garde bien de placer ses 500 francs sur le livret de caisse d'épargne qu'on lui a donné en même temps que son prix. Il va tout dépenser. Loi de l'économie moderne ! Tout le malheur est que cette somme ne rend pas ce qu'on en escompte. En investissant vingt-cinq louis dans la vertu, Madame Husson n'a produit que des vices exemplaires, passés au rang de mythes dans sa ville de Gisors : l'ivrognerie et la paillardise. Ironie qui établit une constante confusion des valeurs. La force d'Andermatt, le* *brasseur d'affaires, est justement de savoir estimer d'un coup d'œil ce que vaut exactement chaque objet. C'est qu'il y a tant d'incertitude entre les prix et, inversement, tant de marchandises dissemblables sous la même étiquette. Ce qui est vrai dans le domaine commercial l'est encore plus, ici, dans le domaine moral. Diderot l'avait brillamment démontré (« quel génie ! » dit de lui Maupassant) : il existe une grande indécision, une grande fragilité dans les principes sur lesquels une société établit son fonctionnement. Certaines de ces confusions donnent le vertige. Que les plus rigoureusement vertueux, comme Isidore ou l'employé Lougère, puissent verser soudain dans le libertinage et l'assassinat, on l'admettrait encore, car la conduite humaine comporte des failles et, comme le dit le narrateur d'un conte, « l'esprit de l'homme est capable de tout ». Mais que les apparences soient douteuses, voilà qui est fort ! « Une soirée » nous le prouve cependant par l'absurde : le maréchal-des-logis Varajou, qui s'ennuie à périr dans Vannes, cherche pour se distraire la maison close de l'endroit ; une erreur de parcours le conduit au domicile du premier président de Mortemain. Il faudra du temps pour que la fâcheuse erreur se dissipe, car, dans les deux logis, même accueillante porte entrebâillée, même soubrette, même salon avec — assises patiemment sur le canapé — des dames de la même apparence comme il faut. Qu'on puisse confondre, fût-ce l'espace d'un quart d'heure, l'hôtel de Mortemain et la maison Tellier détruit les idées reçues et les faux-semblants, fait vaciller les conventions sociales, jette bas les remparts de la vertu, débouche sur une immense dérision. Justement, c'est par un rire terriblement ambigu que Madame de Fontenne accueille la confession de son mari. Quant à la baronne Samoris, elle cache sous le couvert de la respectabilité une existence de demi-mondaine. En fin de compte, dans* Le Rosier de Madame Husson, *Maupassant va dénoncer « [des] usages, [des] lois et [une] morale surprenante d'hypocrisie et de lâcheté ». Plus brutalement encore, il écrit dans une chronique du 14 octobre 1884 (c'est l'époque où il compose quelques-unes des nouvelles de ce recueil) : « Personne au monde ne paraîtrait rigoureusement honnête à l'œil mystérieux qui lirait au fond des cœurs. [...] Nous ne sommes [...] les uns et les autres, que d'hypocrites coquins. D'hypocrites coquins, car nous nous jouons toute la journée, à nous-mêmes, la comédie de l'intégrité. » Ce que Maupassant ne supporte pas, c'est l'honnêteté par peur, aveuglement, estime de soi ou sottise. Au fond de tout : l'égoïsme.*

*

A ces tares de l'humanité — à la sottise de Madame Husson, à l'inintelligence de Fontenne, à la fausse pudeur de la marquise Obardi, à la vanité de Varajou — l'écrivain oppose l'arme de l'ironie et du rire. Il est peu de recueils de Maupassant où ils se déploient autant que dans celui-ci. Seuls « Le Modèle », « L'Assassin » et « L'Odyssée d'une fille » jettent une note plus grave dans un registre où le comique retentit fortement : graveleux, discret ou largement monté des tripes. Le rire ! celui qu'on appelle le « petit taureau triste » connaît cela. Il le connaît par un penchant personnel aux farces paniques, mais il l'aime pour sa force dénonciatrice et libératrice. Il en sait les éclats brusques, étouffés et reparaissant, cristallins comme les bruits que soulève un ruisselet dans la gorge qu'il traverse. Comme le ruisseau, le rire se manifeste par un mouvement de surface ; mais, plus profondément, il ronge et décape tout aussi sûrement que le torrent creuse son cours. Maupassant joue de ce double pouvoir du rire : surprenant, irrésistible, gros parfois, toujours doublé d'un comique plus diffus, comme sournois, plus âpre et corrosif. L'explosion de cette gaieté se manifeste chez Laurine de Fontenne : « Chaque fois qu'elle allait prononcer un mot, le rire frémissait au fond de sa gorge, jaillissait, vite arrêté, repartant toujours, repartant comme le gaz d'une bouteille débouchée dont on ne peut retenir la mousse. »

Les personnages de Maupassant se divertissent, c'est indéniable : gros rire des paysans d' « Une vente », amusement des notables de Gisors (avant « la faute » et la tache sur le veston de coutil), sourires entendus de la Baronne et de la soubrette de « La Fenêtre ». C'est de toute cette gaieté que l'auteur donne à rire à son tour au lecteur, en lui faisant savourer et juger *au second degré des plaisanteries dont quelques-unes, prises en elles-mêmes, seraient affligeantes. Le comique douteux, les paysanneries ne sont que des moyens supplémentaires de la description juste ou, si l'on veut, du réalisme. Aussi trouve-t-on de tout dans le rire de Maupassant, du meilleur et du pire. Au bas de la hiérarchie, les jeux de mots (entre* nouveau nez *et* nouveau-né*), les à-peu-près qui, déjà, ne manquent pas de saveur : que les gendarmes* sacréandent *un individu au lieu qu'ils* l'appréhendent *est une belle trouvaille par laquelle est allusivement noté ce langage fleuri de jurons que la tradition gauloise prête à la maréchaussée ; que les mêmes gendarmes ne* garottent *pas, mais* carottent *un prévenu déclenche un double effet de rire : l'impropriété commise par celui qui parle et le cocasse qu'il y aurait — si l'on prenait le terme au sens propre familier — à voir les gendarmes, défenseurs de l'honnêteté, « carotter » un délinquant. Le comique le plus simple peut tout chambouler et donner à imaginer un monde renversé ! Humour aussi lorsqu'une femme tombée dans la misère est secourue par un Monsieur de Saint-Hospital. Au demeurant, le conteur a plus d'un tour dans son sac. Il est pour lui mille manières de susciter le comique : l'antiphrase (la jeune épousée d' « Enragée ? » voit du drame là où il n'y a que comédie), l'allusion (l'odeur d'eau-de-vie émanant d'un malade suggère les « soins » à donner), la parodie (le dilemme du « Rosier » s'exprime en termes d'épopée de l'épicerie), le style prudhommesque (le discours du maire de Gisors en est une belle illustration, et la phrase suivante n'en est pas indigne : « Françoise [...] décida pour le complet blanc en* faisant voir que le Rosier aurait l'air d'un cygne »). Sans doute pensera-t-on que Maupassant verse dans la facilité mise à la mode par le journalisme de son temps. Il y a du vrai. L'écrivain se laisse parfois aller ; il s'abandonne au penchant de la paresse ; il ne résiste pas à un effet un peu gros qui fera mouche sur le public.

Il est sans égal dans l'observation pittoresque, dans le trait appuyé et caricatural qui annonce parfois Jules Renard. Madame Husson est « petite, trottant court, ornée d'une perruque de soie noire », la femme Brument est « haute comme un mât avec son bonnet qui la coiffe d'une calotte blanche », le percepteur Padoie est « velu, avec des sourcils en arcade qui faisaient sur ses yeux deux voûtes de poils. Coiffé d'un bonnet de velours orné d'un feston d'or, il regardait avec mollesse, comme il faisait tout. Sa parole, son geste, sa pensée, tout était mou. » Il y a, dans ces rapides notations, une façon de croquer l'humanité qui n'est pas sans analogie avec le trait incisif de quelques grands dessinateurs satiriques : Daumier, Cham, en attendant Forain ou Toulouse-Lautrec. Cette acuité de la vue, cette facilité à susciter la surprise et l'adhésion par la mise en évidence d'une analogie inaperçue, cette aptitude à saisir un sujet quelconque sous un angle neuf sont encore une des formes du réalisme de Maupassant. Il pratique ici ce qu'il met en théorie dans son étude sur Le Roman : le choix du détail caractéristique et l'originalité de la vision. C'est une façon de donner vie aux personnages sans avoir à infliger au lecteur de longues descriptions ou analyses ; c'est aussi manière de sortir les comparses de la grisaille et de l'anonymat où le roman les confine le plus souvent : la précision de la couleur d'un vêtement, un détail, la notation d'un ton de peau les personnalisent et les arrachent à leur simple rôle d'utilités narratives.

L'art de Maupassant est d'animer ce monde et de le jeter dans un tourbillon de situations comiques. Comme dans la farce ou le vaudeville, ce qui frappe, c'est le mouvement, la rapidité de trait, l'invention. Le dénouement *d'« Une soirée » n'est pas indigne de Feydeau. Pour corser les choses, Maupassant ne méprise pas un accessoire habituel du comique : le déguisement. C'est bien naturel dans un monde où les choses ne sont qu'apparences : on peut prendre la maîtresse pour la servante, ne pas reconnaître immédiatement son ancienne femme dans une ravissante jeune personne et ne pas voir que le veston de coutil — taché ou non — est un vêtement d'emprunt. C'est tout un jeu de masques qui se construit, tout un jeu de l'être et du paraître, à la fois drôle et dénonciateur.*

Le style d'abord fait les frais de cette ironie : ou, plutôt, une certaine forme d'expression héritée d'une rhétorique maladroite et d'un lyrisme naïf. On admirerait volontiers — car elles sont belles en effet — quelques lignes sur la nuit (dans « Enragée ? ») si l'on n'y voyait affleurer quelques clichés obligés : la lune, le Rêve, les étoiles, l'eau argentée ; et si la contemplation béate de cette beauté nocturne n'était implicitement prêtée à l'héroïne fort niaise du conte. La vraie nuit, pour Maupassant, c'est celle des murs ténébreux, des bruits inquiétants et des angoisses soudaines ; ce n'est pas le moment où l'âme s'épanche, mais se resserre sur elle-même, inquiète jusqu'à la mort. Elle est chute dans le noir, non obscure clarté. Aussi profite-t-il de l'occasion pour dénoncer une tradition poétique dont la fonction est d'embellir et de tromper. Valeur du réalisme ! Non que Maupassant méprise la poésie. Il lui confère l'éminente fonction de prendre le relais de la prose au seuil de l'insaisissable et de l'indicible, mais il partage l'aversion de Lautréamont et de Rimbaud pour « la larme écrite ». Et il le fait savoir. En se moquant ; de même, il se moque d'une rhétorique dont le but ne serait pas de conduire à la vérité, mais de faire sonner le creux ou le vide, comme celles du maire de Gisors ou du malheureux Padoie.

Plus encore, l'ironie de Maupassant s'exerce contre la sottise, l'ignorance et l'hypocrisie. Jamais, chez lui, critique ne s'est faite aussi acerbe sous des dehors si